ファン文庫

JN103001

神様の用心棒

うさぎは祭りの夜に舞う

著　霜月りつ

マイナビ出版

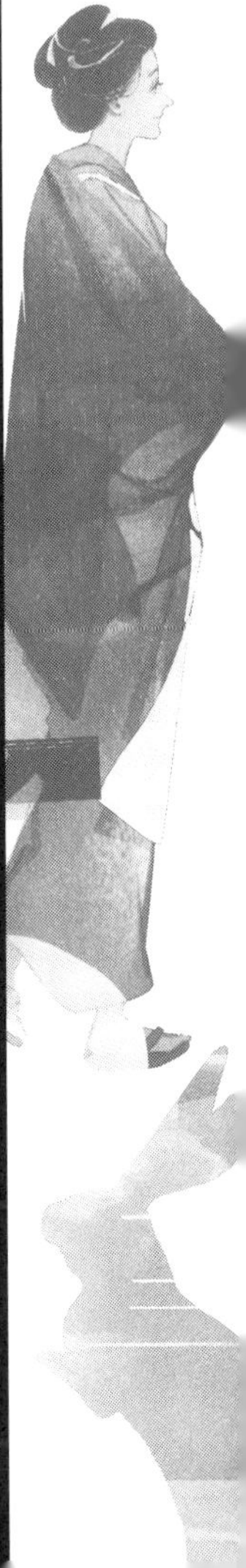

目次

登場人物紹介

兎月

宇佐伎神社の用心棒
うさぎを助けたことから
よみがえったが
死後十年経っていた

ツクヨミ

宇佐伎神社の
主神・月読之命
神使のうさぎと同化する
ことで実体をもてる

アーチー・パーシバル

パーシバル商会の若き頭取
異国の巫の血をひいている

七夕怪談

序

北海道函館《ほっかいどうはこだて》の西にある函館山。その中腹に赤い鳥居が見える。

緑の木々の中にその赤が映えて美しい。色鮮やかなのはこの宇佐伎《うさぎ》神社がここ最近
――箱館《はこだて》戦争のあと、創建されたものだからだ。

以前は麓《ふもと》にあったのだが、戦争のあと大火が続き中腹へ新しく建てた。その際、神も代替わりし、遠く長崎から月読之命《つくよみのみこと》神を分霊し、ここへ祀《まつ》った。参拝者もさほど多くない小さな神社だが、実は重要な役目を担っている。

函館で死んだものは全てこの函館山に昇る。そこから天へと還ってゆくのだが、中には消しきれない恨みや憎しみ、悲しみを抱いて悪霊《あくりょう》と化すものがいる。それを怪《け》ノモノと称した。怪ノモノたちは自身が人であったことを覚えているのか、体を欲して町を襲う。宇佐伎神社はその怪ノモノたちを浄化する役目を担っている。

生まれたばかりの幼い神ツクヨミは、彼の神使《しんし》たちと一振りの剣でその役目を務める。剣を使うのは十一年前に箱館戦争で死んだ幕軍の武士、兎月《とげつ》――海藤一条之介《かいどういちじょうのすけ》。

通称、宇佐伎神社の用心棒だ。

「兎月のおじちゃん！　大変なの！」

朝早くから、麓に住む少女、おみつが宇佐伎神社の長い石段を上がってきて叫んだ。

彼女ははあはあと大きく肩を上下させながら、両手を膝に当てて兎月の顔を見た。

早朝はまだ涼しいが、懸命に駆けてきたらしいおみつは汗だくだ。

「どうした！　お葉《よう》さんになにかあったのか⁉」

兎月は血相を変えたおみつの顔を見たときから、箒《ほうき》を放り出して駆け寄ってきていた。

神社の主神である月読之命――ツクヨミも大慌てで走ってきたが、もちろんその姿はおみつには見えない。

「……おようさん？」

おみつは一瞬ぽかんとし、それから首を振った。

「ううん、女将《おかみ》さんは関係ないの」

おみつは麓の和菓子匠『満月堂《まんげつどう》』で働いている。お葉はそこの店主だ。

「そうか、脅かすなよ」

兎月はほっとして、しゃがんでいた姿勢から立ち上がった。

「まったくだ」

ツクヨミも腰に手を当て腹を突き出した。だがおみつは見えないツクヨミを弾き飛ばすほどの勢いで身を乗り出す。

「でも、大変なの！　すっごく大変！　助けて、おじちゃん、神様にお願いして！」

「そりゃあ、俺にできることならな。まあ落ち着け。湯を沸かしてあるから茶でも飲め」

兎月はおみつを本殿の階《きざはし》へ誘った。そこに座らせて自分は茶を入れるために厨《くりや》に入る。

この厨も春先に建て替えた。今では社務所と言ってもいいかもしれない。いつまでも掘っ立て小屋じゃ見栄えが悪いでしょうと地元のヤクザ大五郎《だいごろう》が寄進という形で建ててくれたのだ。

もちろん建てたのは本職の大工たちだが、大五郎組の若いものたちも手伝った。中にはそのまま大工の棟梁《とうりょう》に弟子入りしたものもいる。

鉄瓶に茶葉を入れ、釜から湯を汲んで入れる。湯飲みに茶を入れるとパーシバルからもらったビスキュイをひとつ茶托に載せた。

「ほら、おみつ」

おみつはお茶よりビスキュイに目を輝かせた。お菓がときどきパーシバルからもらってくる洋菓子は、目にも舌にも珍しくおいしい。

「ありがとう、兎月のおにいちゃん」

「ビスキュイ効果でおじちゃんからおにいちゃんに若返ったぞ」

ツクヨミがおかしそうに言う。兎月も苦笑した。

「それで、大変ってどうしたんだ」

お茶を飲み、ビスキュイを食べて落ち着いた様子のおみつに尋ねる。おみつははっと顔をこわばらせたが、今度はあわてずに話すことができた。

周りに神使のうさぎたちもわらわらと集まってきて、長い耳を立てる。

「あのね、昨日、お隣りの鶴吉《つるきち》ちゃんのお父ちゃんが、七夕の笹を取りにいったの……」

一

毎年七夕の季節になると、どこの長屋も競って賑やかな笹飾りを建てた。軒下《のき》に青々とした笹の葉が五色の七夕飾りと一緒に揺れる。

函館の七夕には兎月の知らない風習があった。子供たちが前日から寺子屋の師匠の家へ集まり、灯籠《とうろう》と短冊を下げた笹を掲げ、笛や太鼓を鳴らしながら町を歩くというのだ。

その目的は蠟燭《ろうそく》をもらうこと。

「ホウイヤイヤヨ」と声を上げ、子供たちは鐘や笛を鳴らしながら笹飾りのある家を訪れる。そしてもらった蠟燭をどうするのかというと、竹で作って紙を貼った巨大な灯籠――ねぶたに使う。

兎月は青森のねぶたは聞いたことがあったが、函館でもそれを行うというのは知らなかった。

函館のねぶたは大正時代には廃れてしまうのだが、当時は一年でもっとも賑わう行事だったのだ。

その笹飾り用の笹を取りに行くのは一家の長である父の役目だった。

鶴吉の父親の亀太郎《きたろう》は、港にあがった魚を売り歩く棒手振《ぼてふ》りを職業としている。大きな桶を天秤棒で担いで町を歩いて回るのだ。

亀太郎は昼までに仕事を終わらせると、さっそく笹を取りに出かけた。

祖母と暮らすおみつの家の分もいつも一緒に取ってきてくれる。

その日も鶴吉やおみつの祖母に見送られて元気に出かけていった。亀太郎が笹を取りに行った場所は函館山とは反対方向で、毎年取りにいっている雑木林だ。

ちなみに北海道では竹が育たないので、江戸のような背の高い笹飾りはあまり見られない。

おみつは満月堂で働いているので見送ることはできなかったが、亀太郎が笹を取りに行くことは知っていた。帰ったら飾りつけるのを楽しみにしていたのだ。

だが、もうじき仕事が終わる日暮れになって、鶴吉が満月堂に駆け込んできた。

「おみっちゃん、どうしよう。おとっちゃんが帰ってこないよ！」

鶴吉は八歳のおみつよりひとつ年下で、甘えん坊の泣き虫だ。顔を真っ赤にしてもう目を潤ませている。

「あそこ、こないだから幽霊が出るって言われてて、でもおとっちゃん、こんな真っ昼間から出るもんかって平気な顔して」

鶴吉は泣きべそをかいていた。

「幽霊が出るってどうして？」

「わかんねえ。でも下駄屋の勘吉《かんきち》さんが見たって。おっかない顔して追いかけてきたってゆってた。そのあと寿司屋の留《とめ》さんも笹取りに行って……やっぱり出たって」

鶴吉はしくしく泣き出す。

「俺、そんな怖いとこの笹はいやだってゆったんだけど、おとっちゃんが男のくせに情けねえこと言うな、笹なんか一抱えも採ってきてやるって」

「幽霊……」

「どうしよう、おみっちゃん。おとっちゃん、きっと幽霊に取り殺されたんだ！」

とうとう大声で泣き出した鶴吉の声を聞いて、お葉も店の外へ出てきた。それでおみつからわけを聞き、店はいいから鶴吉ちゃんについておやりと言ってくれた。

それで夜まで待ってやっぱりお父さんが帰ってこなかったら、翌朝、宇佐伎神社へ行きなさいと言われ――、

「それで来たの。お願い、おじちゃん！　鶴吉ちゃんのお父ちゃん助けてあげて！」

幽霊、と兎月はツクヨミと顔を見合わせた。ツクヨミは黙って首を振る。他のうさぎたちも全員ぶるぶるぶると小さな頭を振った。

「そういう話はうちの神様も知らないってよ。鶴吉の親父は笹を取ったあとにどこかへ飲みにでもいって、潰れてんじゃねえのか？」

「ううん、まっすぐ帰るって約束したんだって。鶴吉ちゃんはずっと紙と硯《すずり》を用意して待ってたんだよ」

しかし大の大人が一晩帰ってこないというだけで、幽霊に取り殺されたとなるのは大げさだろう……。

そう思っていた兎月のすねをツクヨミが蹴った。

「いてっ！　なにをする」

急に声を上げた兎月におみつがびっくりした顔をする。それに兎月は曖昧な笑みを向け、おみつには見えないように、後ろ手でツクヨミの髪を引っ張った。

「兎月、我はその笹藪の幽霊が気になる。行ってみよう」

ツクヨミは兎月の手を払いのけながら言った。

「ええ……だけど」

「これから七夕で大勢が笹藪へ行くだろう。幽霊がいるならなんとかしなければ。本当なら死者の魂には山に来てもらうのだが。それにもしかしたら鶴吉の父親は怪我でもして動けなくなっているのかもしれん」

「うーん……」

兎月は腕を組んで空を見上げた。朝のまばゆい日差しが目を射る。一転、視線を下に向ければひさごのような形の函館の町が、朝日に照らされ描いた絵のようにくっきりと見えた。

「わかった、おみつ。これから兎月のおにいちゃんがその笹藪に行ってみる」

「本当!?」

おみつの目が大きく見開かれる。

「ああ、もしそこに鶴吉の親父がいたらひっぱってくるよ」

「うん！」

おみつは嬉しそうに手を叩き、それからぴょこりと頭を下げた。

「お願いします、兎月のおにいちゃん」

そんなわけで兎月とツクヨミは亀太郎が行ったと思われる笹藪へ向かうことになった。

二

兎月は笹藪に直接向かう前に、幽霊を見たと言う同じ通りにある下駄屋と寿司屋に寄っていた。二人はやはり家族のために笹を取りに行った父親だ。

ツクヨミは普段は神社からはでられない。しかし、神使のうさぎの中に入れば、うさぎの実体となって外へ出ることができた。そのときはたいていは兎月の懐の中に収まっている。そのまま地面を歩いていると、すぐに捕まって鍋の材料にされるからだ。

「笹を採りに行って幽霊を見たんだって？」

「ほんとだよ、仕事を早めに終わらせて行ったんだけど」

宇佐伎神社の用心棒が来たということで、自分の話を信じてもらえたのかと下駄屋の勘吉は拳を握って力説した。

「笹を切っていたらいつのまにか後ろにいたんだ。白い着物の女でさ、ありゃあ絶対生きている女じゃなかった。着物も泥だらけで体のあちこちに笹の葉っぱつけてさ」

黒ずんだ皮膚に泥だらけの髪、それが黙って背後に立っていた。

「顔を見たんだな」

「見たけど知らねえ女だったよ。第一俺には女に恨まれる覚えはねえ」

勘吉は悲鳴を上げて笹を握りしめたまま逃げ出したと言う。

「こいつがそのときの笹だよ。気持ち悪いんだけどさ、もう一回笹を取りに行けと言われてもごめんだからな」

下駄屋の軒先に短冊の下がった笹が立てられている。さらさらと笹の葉が鳴り、笹飾りの代わりなのか、色とりどりの鼻緒が下げられていた。


次に話を聞いたのは寿司屋の留五郎《とめごろう》だ。ねじり鉢巻きをした威勢のいい板前だったが、笹藪の幽霊の話、と聞いたとたん、青菜に塩のごとくしわしわの顔になった。

「昼間に出かけたんだよ、うちの商売は夕刻からだからな。まさか幽霊がでるなんて思わないだろ。そしたら勘吉さんも見たって聞いて、じゃあ絶対見間違いじゃねえって」

留五郎はいつも客の分や、店で働くものたちの分まで笹を採ってゆくのだと言った。

「いつもと同じ場所でさ。そう、毎年採ってんだ。だけど、あんな怖い目に遭ったのは初めてだよ」

笹を十本ばかりざくざくと刈って、さて帰ろうかと腰を上げたとき、少し向こうに白い着物の女の姿を見た。

「こんなところに女が一人なんて珍しいなと思って見てたら、すっと姿が消えて、あれ、見間違いだったかなと笹を縄でくくってそれを持ち上げたら」

白い女がさっきより近くにいた。だが顔ははっきり見えない。

「なんだかぞくぞくってしてきちまって。笹の束を肩に担いで後ろ向きに下がったんだ。そしたらまたふっと姿が消えて」

留五郎は恐怖にこわばった顔を兎月に突きつけた。

「ああ、よかったって笹を担ぎ直そうとしたら」

背中に笹の束ではなく、
女 が し が み つ い て い た。

「ぐえっ」

声を上げたのは兎月だ。懐の中でツクヨミが激しく蹴ったからだ。

「ど、どうしたんだい？」

留五郎はびくびくと兎月に尋ねた。

「い、いや。怖がりのうさぎが跳ねたんだよ」

兎月が懐を開いてみせると、うさぎが丸い尻を見せて、兎月の腹に顔を突っ込んでいる。耳が頭にぴたりとついて、毛皮がぶるぶる震えていた。

「へえ、かわいいな。今晩の鍋かい？」

「食わねえよ、うちのご神体だ」

兎月は着物の前を直し、留五郎を促した。

「そんで俺は笹を放り出して逃げてきたんだ。あとから店のものに気のせいだとか疲れてたんだとかさんざん言われたけど、本当なんだよ。それから下駄屋の勘吉さんの話を聞いてさ、俺だけじゃなかったんだって改めてぞおっとしたんだ」

「笹はどうしたんだ？」

「店の若い者があとで取りに行ってくれたよ。俺が放り出したそのまんま地面に落ちてたってさ」

留五郎は肩をすくめる。

「そいつは幽霊を見なかったのか？」

「おう、なにも見なかったって言ってた」

「そうか。他に幽霊を見たやつを知らないか？」

兎月の言葉に留五郎は大きくうなずいた。

「知ってる。通りの向こうに欄管堂《らんかんどう》って煙草屋《たばこ》があるんだけどさ」

「確か、値段の張る煙管《きせる》を扱っている店だな」

兎月は煙草をやらないが、大五郎が煙草好きでその名前は知っていた。

「ああ。あそこの若旦那は俺や勘吉さんより前に幽霊を見たっていう話だよ」

「わかった、ありがとう」

寿司屋を出ると留五郎が切ったという笹が軒下に飾られていた。子供たちが作ったのか魚の形に切り抜いた紙がたくさん吊《つ》られ、ゆらゆらと笹の葉の間を泳いでいた。

煙草屋の若旦那は洒落《しゃれ》もので有名で、今日も多色染めの派手な浴衣《ゆかた》で店先に座っていた。顔が長くておちょぼ口で、兎月はヒラメを思い浮かべた。

「笹女の話かい？」

若旦那は細めの煙管を口にくわえ、ふうっと鼻から白い煙を吹きつける。

「笹女？」

「幽霊だって名前があった方がいいだろう？　アタシが名付けてやったんだ」

若旦那はにやりと笑って片目をつぶる。

「あの日は馴染みの客と笹を採りに行ったんだ」

「女客かい」

「まあね」

夏だというのに日焼けもしていない若旦那は、生白い首を傾《かし》げて言った。

「二人で雑木林をぶらぶらしてさ、笹が日差しを遮ってけっこう涼しかったよ。それで木の根元で一休みしようってことになったんだ。そこにいい感じの笹があったからそいつを小刀で一本切ってさ……そうしたら」

若旦那は羅宇《らう》——煙管の吸い口——から口を離し、思い出すように虚空を見つめた。

「木陰で腰を落ち着けて、切った笹で女の顔をさやさや撫《な》でてやったんだ。女がくすぐったいと笑ってアタシの胸に顔を押しつけて。あちこち撫で回すからアタシもくすぐったいって笑って……」

この艶話はいつまで続くんだと兎月は若旦那を睨《にら》んだ。

「そのうち地面についたアタシの指に、女が指を絡めてきたと思ったんだけど……」

コン、と煙管を灰盆に打ちつける。吸いカスがぽろりと転がり落ちた。

「女の右手はアタシの肩に。左手はアタシの胸にあったんだ。じゃあアタシの指を握ってるのは誰なんだ、って話で」

とたんに懐の中で震え出すうさぎを、兎月は手で押さえた。

「怖くていやだったけどさ、おそるおそる見たんだ。アタシの手。そしたら地面から泥だらけの指が出ていて」

うさぎが隠れようと兎月の腹を掘り出す。兎月は痛みに顔をしかめながら若旦那に話の先を促した。

「アタシはぎゃっと叫んで手を持ち上げたんだ。そうするとずるずるっと指から手、手から下、腕まで出てきた。胸の上の女もそれを見て悲鳴を上げ、飛び上がって逃げ出したんだよ」

薄情だろ？　と若旦那は苦笑する。

「アタシは必死に指をふりほどき、女のあとを追って駆け出したさ。すると走る先に泥だらけの白い着物を着た女がゆらりと立つじゃないか。髪や着物に笹の葉がこびりつき、ゆらゆらと手招いている、その姿ときたら怖いの怖くないのって」

若旦那は両腕を抱えてぶるぶるっと身を震わせた。

「アタシは情けない悲鳴を上げたよ。目をつぶってめちゃくちゃに腕を振って、その女を避けて駆けて駆け続け、転び、また駆けて、なんとか雑木林を脱出したのさ」

若旦那は煙管の先に新しい葉を詰め込むと、顔を下げてまだ日本では目新しいマッチを擦って、火を点けた。

「誰も信じちゃくれなかったんだけどさ、次の日下駄屋と寿司屋も見たって言うじゃない。こりゃあ本物だなあって思って。でも笹藪の幽霊じゃつまんないだろ。笹女の方が風情がある」

おちょぼ口に笑みを刷《は》き、若旦那は兎月に片目をつぶって見せた。

「あんた、怖くないのか？」

「そりゃあ怖いさ。でもその話を聞きたくて昨日今日と客が大勢来てくれるんだ。こうなるとありがたいからね。七夕が終わったらお供えものでも持って行こうかと思っているんだよ」

若旦那はそう言って両手を合わせて拝む振りをした。

三

そんな三人の話を聞いたあとやってきた笹藪。

それは田んぼの真ん中にある雑木林の中にあった。背の高い木々の間に、そこに一群れ、あそこに一群れと間を置いて笹が群れている。

もう誰かが刈ったのか、鋭い切り口ばかりが残る群れもあった。

「七夕か……」

七夕の行事は昔からあったが、願いを書いた短冊を下げたりするのは江戸の世になってからだという。寺子屋が増え、子供たちが手習いするようになって、その成果を飾ったらしい。

兎月も幼少時、引き取られた三鷹《みたか》の家で短冊を飾ったことがある。三鷹の父は道場主だったので門下生が多く、彼らが毎年たくさんの願いごとを書くため、笹は一本では足りず二本、門を飾っていた。

兎月や兄の直之介《すぐのすけ》も書いたが、兎月は人に見られるのが恥ずかしく、いつも兄や義父《ちち》に肩車をしてもらって一番てっぺんにつけていた。

「懐かしいな」

風に揺れる笹を指先で引っ張りながら兎月は微笑《ほほえ》んだ。

「うちでもやろうか、兎月。いい感じのを一本伐《き》ってくれ」

ツクヨミうさぎが懐から顔を出して言った。

「伐ってくれって、なにも持ってきてないぞ」

「そうだったな。では是光《これみつ》を喚《よ》ぶか？」

のんきな神様の言葉に兎月は目を剝いた。

「俺の大事な刀で笹を斬れと？」

「よいではないか。神事に使うんだぞ。参拝客も喜ぶに違いない」

「わかったわかった、帰りにな」

雑木林には人が踏みつけて作った道が一本あった。しかし笹はその道に沿って生えているとは限らない。兎月はあるときは道から外れ、笹の茂みのそばまで行って亀太郎の名を呼んだ。

「やっぱりいねえみたいだな。もううちに帰ってるんじゃねえか？」

「幽霊も出てこないしな」

ツクヨミはぴょんと兎月の懐から飛び降りて、一本の笹の根元に駆けた。

「兎月。これ、よい笹ではないか？　けっこう長いし姿も美しい」

「そうかな、……長すぎないか？」

兎月は少し下がってその笹を見上げた。

「我の神使たちの願いを書いてやるのだ。このくらいの丈でないと」

「ちょっと待て。連中筆なんか使えるのか？」

「もちろん使えない」

ツクヨミは当然だろうという口ぶりで言う。

「ということは……」

「おぬしが書くに決まっている」

かーっと兎月は空を仰ぐ。目の中に太陽が飛び込んできた。

「さあ、早く是光を喚べ」

「怪ノモノを斬るわけでもないのに。是光がすねるぞ」

そうぼやきながらも兎月は右手を伸ばした。

「こい、是光！」

たちまち手の中に光が集まり、そこに一本の鋼の姿が現れる。桜の鍔《つば》に紫の柄巻、青白い氷の光を集めたような怜悧《れいり》な波紋――是光。

「すまねえな、是光。おまえには大事な役目があるのに七夕の笹を斬るだなんて」

兎月は是光の冷たい刃に頬ずりした。

「いちいちうるさい。早く斬れ」

うさぎはだんだんと後脚で地面を叩いた。兎月はしぶしぶ刀を構え、笹に向き合う。

そういえば三鷹の道場で竹を斬ったことがあった、と兎月は思い出した。

一本、二本、三本、四本。二本以上は縄で縛り台座に載せ、それを一気に袈裟《けさ》斬りする。

年に一度、道場の腕試しだ。門下生たちが一人ずつ挑戦するのだが、なかなか四本すっぱりと斬れるものはいない。

(俺や兄は三本までしか斬れなかった。義父は四本斬っていたのに)

若い門下生たちが勢いや力任せで斬るのとは違って、義父の斬り方は力を入れているようには見えなかった。ただ、斬る前に竹にまっすぐ向かう義父の背中を見て、ひどく緊張したことを覚えている。あの背からは冷たく静かな力が感じられたのだ。

今なら四本いけるだろうか？　笹は竹と違い細いので比べものにはならないが。

兎月は四、五本並んで立っている笹の前で構えた。一直線に並んでいるわけではないのでうまく斬れるかどうか。

「……っとう！」

剣一閃、振り下ろした。

バラバラと四本の笹が地面に落ちる。ほっと兎月の口から息が漏れた。すぱりと斬れた感触が気持ちいい。

「こんなにはいらんぞ」

倒れた笹を見てツクヨミが文句を言う。

「欲しいやつにやればいいよ」

兎月は腰を屈め、笹を拾い上げた。一本二本三本……。

四本目を拾おうとした手が摑まれた。地面から伸びた指に。

「うおっ！」

兎月はのけぞって腕を振り回す。うさぎがぴょんと飛び跳ねた。

「出たぞ！」

是光を構える。指が生えていたところに女が立ち上がっていた。

「笹女……」

確かに着物や髪のあちこちから笹の葉が突き出している。黒ずんだ皮膚は生きている人間のものには思えなかった。なにより女の顔になんの表情もないのが怖い。

笹女はゆらゆらと体を動かす。兎月は刀を振り上げたが女には見えていないようだ。

「ツクヨミ！　こいつ斬ってもいいのか⁉」

地面に四つ足をついたツクヨミは、赤い目で笹女を見上げた。

「これは確かに生きている人間ではない。それに死体に怪ノモノが入っているわけでもない。兎月、斬ってみろ」

「女の姿をしているものを斬るのはいやなんだけどな」

「大丈夫だ。人間じゃない……たぶん」

「たぶん、かよ！」

兎月は思いきって刀を振り下ろした。

ザクリ。

(お？)

兎月の刀が振り下ろされると女の姿は消えてしまう。

「今の感触……」

「兎月、向こうに出たぞ！」

少し離れた場所で笹女が揺れている。兎月はそこまで走ると今度はためらいなく横に払った。

ザクリ。

「やっぱりだ」

兎月は刀の柄を握る自分の手を見た。

「どうした、兎月」

「おまえが言うようにこいつは人間じゃねえ。笹を斬ったときと同じ手応えだ」

兎月が斬ると女の姿は消える。そしてその代わりに地面に笹が落ちている。

「笹が化けているのか？　確かに笹女だな」

「兎月、どんどん増えるぞ!?」

ツクヨミの言うとおり女の姿が増えている。皆白い着物を着て、両腕をだらりと下げ体を揺らしていた。

「こちらへの敵意は感じられないな……」

ツクヨミは首をひねった。

「ただ脅かすだけ？　なんのために出てきているのか……目的はなんだ？」

「キリがないぞ！　どうする、ツクヨミ」

兎月の叫びにツクヨミは両方の耳を引っ張って考える。

「……そうか、笹は地下の根で増える！　彼らは皆地面で繋がっているんだ」

「有益な情報をありがとうよ！」

兎月は自分に近寄ろうとする女たちを回りながら斬った。地下茎で繋がっているとわかっても、それでどうすればいいのかわからない。

「何年も前からこの笹藪で笹は採られていた。なぜ今年だけこんなふうに怪異が起きる？　今年……いや、最近なにかあったのか？」

ツクヨミはちぎれるくらいの勢いで耳を引っ張り続ける。

「泥だらけの着物、地下の根で増える笹……まさか」

ツクヨミうさぎはぴょんと跳んで、刀を振るう兎月の前に立った。

「地面の下になにかあるのか！」

ツクヨミがそう叫ぶと、笹女たちはいっせいに指をある方向に向ける。それは雑木林の奥だ。

「兎月、行こう！」

「わかった！」

女たちの指さす方にうさぎが走る。そのあとを兎月も追った。

ある場所まで来ると、女の一人が地面を指さしている。こんもりと笹の葉が山になっていた。

「そこだ、兎月」

兎月とツクヨミはその場に膝をつき、両手で笹を散らして地面を掘り始めた。土は案外と軟らかい。

「こりゃあちょっと前に掘り返されたな」

嫌な予感に襲われながら兎月が呟《つぶや》く。

「見たくないものが出てくるかもしれんな」

「うむ……」

うさぎは地面に顔を寄せ匂いを嗅ぐ。

兎月が手で土をどけてやると、青黒く変色した女の顔が見えた。まだ腐敗は始まっておらず、つい最近埋められたものだとわかる。

「ツクヨミ、この女……」

胸から腹まで土を避《よ》けて、兎月は顔をしかめた。女の腹が膨れていたからだ。

「身重だったのか……気の毒に」

「兎月！」

ツクヨミうさぎが耳をぶるぶると震わせた。

「女は生きている！」

「えっ⁉」

「かすかだが息がある。腹の赤子も生きている！」

「ええっ⁉」

うさぎは女の腹に耳をつけ、もう一度叫んだ。

「やっぱりだ！　早く掘り出そう！」

「わかった！」

兎月は両手で土を掻きだした。ツクヨミうさぎも前脚で掘り始める。掻きだした土が後脚の間から勢いよく飛び出した。

膝まで掘り出したところで地面の上に引っ張り出す。

周りで見守っていた笹女たちは無表情だったが、どこかほっとしたような空気が漂った。

「おぬしたちが見守っていてくれたのだな」

ツクヨミは笹女たちを見回した。

「ありがとう、母も子も救うことができる」

そう言うと笹女の姿が一人、また一人と消えていった。兎月は女を抱き上げると、笹藪の出口を目指して駆け出した。

四

兎月は走りに走って女を病院に担ぎ込んだ。女には赤ん坊を生み出す力がないということで、腹を裂いて取り出すことになった。もちろん麻酔などない。帝王切開は幕末から行われていたが、函館では症例が少なく、成功率は低かった。

「赤ん坊は無事に取り上げることができました」

病院で待っていた兎月に医者はそう告げた。しかし。

「残念ですが、母体は手術中に……」

母親は最後まで赤ん坊を守って死んだのだ。兎月は深い息をつき、ツクヨミは懐でしょんぼりと耳を垂れた。

ちなみに鶴吉の父親は、そのあと茂みの中で見つかった。

話によると幽霊を見て驚いてその場で転倒したという。それで倒れたとき頭を打って気絶したらしい。夜には気づいたということだったが、恐ろしくてずっと茂みの中で震えていたのだと話した。

一晩中まんじりともできず、そのため明け方に眠ってしまったと、情けない顔で告白した。

　一緒におみつの住むじんべい長屋へ連れて行くと、鶴吉が泣きながら飛び出してきて父親にしがみついた。

「さすが、兎月のおにいちゃん！」

　おみつは大喜びで饅頭《まんじゅう》を山盛りくれた。お葉がもたせてくれたという。

「もうあの笹藪に幽霊は出ねえから。みんなで笹を採ってこい」

「うん！」

　雑木林の幽霊笹女を退治した――うさぎ神社の用心棒の名前はこうしてまた広まった。

　事件が落ち着いてうさぎ神社でも七夕の笹を立てることになった。兎月は筆で短冊にうさぎたちの願いを書いてゆく。

「ええっとニンジン？　きゃべっじ？　それにトウモロコシ……おい、食い物ばかりじゃないか」

　兎月の周りでうさぎたちが飛び跳ねる。

『スキナモノ　カイテイイノダ』

『ニンジン　ウマイゾ』

「こんなこと書かれたら織り姫も牽牛《けんぎゅう》も困ると思うがな」

文句を言う兎月にうさぎたちは足を鳴らして抗議する。

『トゲツ　ワレハ　クッキー　ダ』

『マタ　リズ　ニ　アエマスヨウニ　ト』

『ジンジャ　ハンジョウ　トカケ』

「へいへい」

兎月は筆をなめなめ短冊を量産していった。

ツクヨミは賽銭《さいせん》箱の上に座り、そんな様子を微笑みながら見つめている。

「おまえの願いはなんだ?」

兎月は座っているツクヨミを見上げて言った。ツクヨミはちょっと驚いた顔をする。

「我の願い?　我は叶える方だからな。考えたこともなかった」

「七夕ってのは神様じゃないんだろう?」

「ああ、確かそうだ。唐から伝わった伝説に乗っかった庶民の娯楽だな」

「だったらおまえも遊んでいいんじゃないのか?　なにかないのか、願いごと」

「願いごとか」

ツクヨミはうーんと腕を組む。

「びすきゅいを腹いっぱい食いたいとか、うさぎ饅頭を腹いっぱい食いたいとか」

「神使《うさぎ》たちと一緒にするな」

体を右に揺らし、左に揺らし、最後には逆さになってツクヨミは考えた。

「やはり……町のみんなが幸せになるように、とかかな」

「そうか」

兎月はさらさらと筆を動かし、「みながしあわせでありますやうに」と短冊に書いた。

「これでいいか？」

「ああ……」

ツクヨミは賽銭箱から飛び降り、墨の跡も黒々とした短冊を見つめる。

「あの女も幸せになりたかったろうに。かわいそうだった」

殺されて埋められた女のことを思い出し、兎月は短冊に視線を落とした。

「あの女は赤ん坊を助けたくて必死に生きたんだろうな」

「そうだな……彼女の最後の望みを笹たちが叶えたのだ」

「身重の女を殺して埋めるなんて許せねえぜ」

そのとおり、女は背中を刺されていた。とどめをささずに生きたまま埋められたのだろう。女は地面の中で何日生きていたのか。

女は手に笹の根を握りしめていた。

笹は女の願いを叶えようと地下茎で女の姿を伝えて林のあちこちに出てきたのだ。

「おーい」

元気な声がして、鳥居の向こうから黒木《くろき》が上ってきた。函館警察の巡査で、もとは忍者として曲馬団にいたという変わり者だ。兎月が神の用心棒として怪ノモノを斬っていることを知る一人でもある。

「よお」

兎月は手に持った短冊を振る。

黒木はざくざくと玉砂利《たまじゃり》を踏んで境内《けいだい》を歩いてくると、兎月の周りに散らばった短冊を眺めた。

「なんだよ、これ。にんじんとかきゃべっじとか」

「うちの神使たちの願いごとだ」

「なるほどな」

黒木にもツクヨミやうさぎたちの姿は見えない。しかし彼は小さな神が存在していることは知っている。

「みながしあわせでありますやうに、か……」

兎月の手の中の短冊を読み、黒木は神妙な顔になった。

「死んだ女の身元がわかったぜ」

女は料亭に奉公している女中で、蕗《ふき》という名だった。身よりはなく、五年ほど前から住み込みで働いている。気立てがよく働き者で、恨みを買うような女ではなかったと言う。

「料亭の旦那にお蕗さんの遺体を引き取ってほしいと頼んだんだが、断られたよ。お蕗は無縁仏として葬られる」

黒木がそう告げた。腰を屈めて散らばった短冊を集めると、笹につける手伝いをしてくれている。

「じゃあ赤ん坊はどうなるんだ？」

兎月も笹に短冊を下げた。

「とりあえず大五郎組に頼んだ。里親を探してくれるってさ」

「そうか。大五郎ならいい里親を見つけてくれるだろう」

兎月が以前稲荷《いなり》から預かった赤ん坊も、親に捨てられた子供たちも、大五郎がちゃんと里親を見つけてくれた。

「そうそう。料亭にいったとき、店の人間がこっそりと教えてくれたんだがな」

料亭の旦那と蕗はできていたらしい、と。

「きっとお蕗さんの腹の子は旦那の種なんだよ。でも旦那は婿養子だから、そんなことが女将さんにばれたらどうなるか……。絶対お蕗さんの亡骸もその子供も引き取りはしないだろうね」

店で働く女中がそんな風に教えてくれたそうだ。

「とんでもねえ野郎だな」

兎月はぎりりと奥歯を噛みしめた。

「その旦那ってのがお蕗さんを殺したんじゃねえのか？」

「その線は濃厚だが、証拠がねえ」

黒木は神社の階に座って、笹を軒下に立てる兎月を見上げた。

「お蕗さんが埋まっていた場所には旦那がやったという証拠はなかったし、お蕗さんと旦那が一緒に雑木林に行ったのを誰も見てねえ」

「どうしようもねえってのか？」

「どうしようもねえ」

淡々と言う黒木に兎月はムキになって食いついた。

「ひっぱって取り調べられねえのか？　ほら、石を抱かせるとか、逆さ吊りにして足に釘を刺すとか……」

「そういう拷問は時代遅れだ。なんだ足に釘って」

目を剝く黒木に兎月は唾を飛ばして言った。

「やんねえのか？　新撰組方式だ。釘を刺して蠟燭差して火をつけるんだよ。どんなやつでも一発で吐くって聞いたけどな」

「馬鹿野郎。文明開化の大警察さまがそんな野蛮な真似できるか！」

兎月と黒木の物騒な言い合いを聞いていたツクヨミが、ひょいと跳んで賽銭箱の上に戻った。

「放っておけ。ちゃんと罰《ばち》は当たる」

兎月はツクヨミを見た。小さな神は丸い頰を手で支え、膝を組んでぼんやりと空を見上げている。その空の下には兎月が立てた笹が、色とりどりの短冊をつけて揺れていた。

「笹は地下茎で繫がっているからな……」

ツクヨミは謎のような言葉を呟く。兎月は首を傾げ、ツクヨミやうさぎたちと一緒に七夕の笹を見上げた。

料亭の主人は自室で帳簿をつけていた。奥の方から三味線の音が聞こえてくる。今夜もお座敷に役所関係のお客が入り、景気よくやっているらしい。

「安泰安泰」

パチパチと算盤《そろばん》を弾く。

ふと、子供ができたと言っていた女中、お蕗のことが、頭によぎった。

子供が無事に生まれるように短冊に願いを書きたいとねだられて、一緒に笹を採りに行く約束をした。

この笹がいい、あの笹がいいと楽しげに指さすその背中めがけ、出刃包丁を突き入れた。地面に倒れたお蕗の横で穴を掘った。大変な重労働だった。

お蕗に子供を生ませるわけにはいかなかった。女遊びを容認している妻から、子供だけは作るなと言われていたのだ。

番頭から引き上げられ料亭の主人になったとしても、彼の扱いは結局番頭のままだ。金や料亭の経営に関しては妻がしっかりと握り、自分は算盤と帳簿つけだけ。

終

だがそれでいい。それしかできない。だからお蕗に子供ができて追い出されるようなことだけはしてはいけないのだ。

掘った穴の中にお蕗を引きずり込んだとき、唇が動きなにか言おうとした。まだ生きていたことに驚いた。口から溢《あふ》れた血のために、お蕗の声は言葉にはならなかった。

早く隠さなければ。

お蕗が悲鳴を上げるかもしれない。

誰かが来るかもしれない。

お蕗の膨れた腹を見たら、子供ができたことがばれてしまうかもしれない。そうしたら妻に追い出される。

その恐怖で必死に女に土をかぶせた。

まだ生きていてもじきに死ぬだろう。

旦那は落ちていた笹の葉を何度も地面に放り出して、埋めた場所を隠した。

「大丈夫、大丈夫だ。誰にも見られていない。証拠もない」

出刃包丁は海に投げた。私がお蕗を殺したことは誰も知らない……。

どの珠を弾いていたのかわからなくなり、旦那は算盤を摑むとカチャカチャと振って文机の上に戻した。

そのとき庭の木の葉がカサコソと鳴った。耳をひっかくようなその音に、顔を上げた旦那は息を呑む。

障子に女の影が映っていたのだ。

「ま、まさか……！」

髪を振り乱し、両手を前に突きだした女の姿。痩せているのに膨れた腹、その体つきは知っている。

見ているうちに女の影は消えた。旦那はあわてて立ち上がり、障子を開いて驚いた。

庭に――笹が生えている。

今まで笹など一本だってなかったはずだ。

その笹がカサコソサラサラと葉を鳴らしている。

さわり、と足指の先になにかが触れた。はっと視線を下に向けると、白い骨の手があった。

「うわあっ！」

悲鳴を上げて足を持ち上げる。次の瞬間には、白い骨は笹の葉に変わっていた。

「さ、笹が」

縁《えん》の下から笹が生えていた。

「ばかな！」

旦那はあわてて部屋へとって返した。そして信じられないものを見た。

畳の縁《へり》から笹が緑の葉を伸ばしているのだ。

ぽたり、と笹の葉から雫が落ちる。それは真っ赤な血の色をしていた。

「うわあっ！　うわあっ！」

旦那は尻餅をついて叫び声を上げた。その声に奉公人たちが駆けつける。

「旦那さま、どうなさいました⁉」

肩や背中を支えられ、身を起こした旦那は部屋の中を指さした。

「笹が、笹が！」

旦那が指さす方を見て、奉公人たちは首を傾げる。

「なにも……なにもございませんよ？」

「見えないのか！　笹が生えている、あそこにもここにも！」

旦那は叫び続けた。彼の目にはざわざわと伸びてくる笹の葉が見えていた。畳縁から湧き上がってくるそれは、女が這うようににじわじわと自分のもとへ近づいてくる。

「ひいいっ！」

旦那は奉公人たちの手の中でじたばたと両手を振り回した。

「助けてくれ！」

奉公人たちの手を振り払うと、旦那は庭に飛び降りて外へ駆け出していってしまった。

「だ、旦那さまァッ!?」

それきり、旦那の姿を見たものはいない……。

夏祭りことはじめ

序

蟬の声が背後の山から降るように落ちてくる。

白い玉砂利を敷き詰めた宇佐伎神社の境内で、男たちが車座になっていた。神社の陰になっているとはいえ、やはり暑い。珠のような汗が男たちの顔に流れていた。

「それじゃあ先生、祭りは来月の二十五日ということでよござんすね」

大五郎組の組頭大五郎が、正面の兎月に向かって言った。

「俺はいいが本当にそんな期間で準備できるのか?」

「へえ、屋台の方は普段興行してる連中をそのまま引っ張ってきますから。三十くらい店を出せればいいでしょう」

「多すぎないか?　こんな狭い境内に三十も店が出るのは……」

「店は境内ではなく、麓に開きます」

大五郎の隣に腰を下ろしている辰治《たつじ》が説明する。

「賑やかに店で遊んでそれから階段を上って神社の方へ」

「山の上まで来てくれるかなあ?」

「なに、行かなきゃ俺らが引っ張りあげますよ」

大五郎組の若頭悪兵衛《あくべえ》が腕をまくり上げた。この男は本名を善兵衛《ぜんべえ》という。だが善兵衛では人が善さそうでなめられると言って、悪兵衛と名乗っている。

「無理やりはやめとけ」

宇佐伎神社で夏祭りをしたい。だが、ただ祭りをしたいと思っても人が集まらなければできないだろう。どうすれば近くの人々だけでなく、函館の市内中の人々が来てくれるのか？

兎月の頭の中には幼い頃見た近所の夏祭りの風景があった。屋台がたくさん出て老若男女楽しそうにものを食ったり遊んだりする光景だ。

考えてもわからなかったので兎月は大五郎に相談した。すると大五郎は飛び上がって喜んだ。

「祭りと言えば俺らの領分ですぜ」

そういえばああいう出店――香具師《やし》たちをとりまとめるのはその土地のヤクザだ。

祭りで香具師たちが稼げれば、そのあがりの幾ばくかは神社に回ってくる。昔から寺社と香具師たちの関係は深い。寺社はその金で建物の修繕などを行うのだ、と兎月は大五郎に教えられた。

「あっしらもあがりの一部を頂戴いたしやす。みかじめってやつですな。なに、心付け程度でさ。その代わり祭りの間は決してもめ事を許しません。掏摸《すり》、盗人、喧嘩《けんか》、ぼったくりには目を光らせます。先生も祭りの間は安心してお休みなさってくださって結構です」

「心付けでそこまでやってもらうのはこっちが心苦しいな。ちゃんと適正な分でやってくれ」

「いえいえ、みかじめが安けりゃ評判を呼んで次からは直接うちらが取り仕切れます。こっちにも考えがあることですからお気になさらず」

大五郎はそう言ってすぐに動いてくれた。元から函館市内の祭りを取り仕切っている虎門《とらもん》組に話を通し、宇佐伎神社の祭りだけは大五郎組にやらせてほしいと頭を下げたのだ。

どういう話し合いがもたれたのかはわからないが、無事に宇佐伎神社の祭りは大五郎組が仕切り、虎門組は店を出している香具師たちに話を通してくれることになった。

祭りの肝といえば華やかな出店、彼らを稼がせるためには参拝客を集めなければならない。去年から少しずつ認知されてきて、今年の正月にはけっこう人出があったが、豊《とよ》川《かわ》稲荷などに比べればかなり少ない。

「日取りが決まりましたからね。町中のあちこちに知らせを貼って引札《ひきふだ》をまいて……とにかく函館中の人間に知ってもらわないと」

悪兵衛が腕を組んで頭をひねる。引札というのは今でいうチラシのようなものだ。

「なにかいい考えはねえか、辰治」

大五郎は子分の辰治に声をかけた。目端の利くすばしこい若者で、大五郎が目をかけている。

「そうですね、とりあえず飯屋に知らせを貼らしてもらいましょう。あと長屋の大家に頼んで声をかけてもらうってのはどうです」

「そうだな、そいつぁおめえに頼めるかい？」

「へえ、合点承知」

「すまねえな、世話かけてよ」

兎月が言うと大五郎も辰治も大慌てで手を振った。

「よしておくんなせえ。あっしら氏子《うじこ》だ。神社の祭りを盛り上げるのはあっしらの仕事でさあ」

「しかしさっきも言ったが、出店に集まってもこの上までどうやって上らせるか」

「それはもう少し考えましょうよ」

ああだこうだと話していたが、兎月はふと顔を上げて本殿を見た。そこの階に宇佐伎神社の主神である月読之命が所在なげに腰を下ろしている。

兎月は大五郎に断って立ち上がり、輪から離れた。階まで来ると軒の影が落ち、少しは涼しい。

「どうした、ツクヨミ。しょうもない顔をして」

「いや……」

ツクヨミは片足を膝に乗せ、その乗せた足の上に肘をついて夏祭りの話をしている男たちを見つめている。

「なんだか思ったより大事になりそうだと思って」

「祭りだぜ？」

兎月は笑った。

「派手でなんぼだ。みんなが喜ぶ」

「それはそうだが……」

どっと背後で笑い声が上がった。大五郎たちがなにかわからないが手を叩いて笑い合っている。

「楽しそうだな」

ツクヨミが呟く。

「ああ、わかった。ツクヨミ、おまえ」

兎月がにやりと笑ってツクヨミの丸い頬をつつく。

「神社の祭りだっていうのにのけものにされているみたいで――すねてんだろ」

「な、なにを言うか！　我がそんな子供じみたことを……」

「おまえの姿は見えねえから仕方がない。希望は俺が聞くからよ」

ぽんと白い頭に手を置いて兎月は言った。

「みんなおまえに喜んでほしくてやってるんだからさ。氏子の気持ちを受け取ってやれ」

ぴょこぴょこと白いうさぎが本殿から湧いてでた。ツクヨミと兎月の周りを尻をもたげて飛び跳ねる。

『マツリダ　マツリダ』

『マツリッテ　ナニスルノ』

『タノシミダナ！』

「ほら、うさぎたちの方がよくわかっているぞ」

「わかっておる」

ツクヨミは両膝を立ててそこに顎《あご》を乗せた。

「わかっておるのだが……」

蟬の声が遠く近く波のように響く。函館山の左手に見える駒ケ岳の上にもくもくとした入道雲が湧き起こっていた。

一

「お祭りですか？」

お葉が手を叩いて華やかな声を上げた。

「いついつ？」

おみつも興奮した顔で叫ぶ。

「来月の二十五日だ」

兎月は神使のうさぎに入ったツクヨミとともに満月堂に来ていた。宇佐伎神社で祭りを執り行うつもりだと言うと、お葉とおみつは驚き、喜んだ。

「それでお葉さん、大変だとは思うんだけどその日に菓子を注文したいんだ」

「お菓子をですか？」

「ああ、神社まで上ってきてくれた参拝者に配りたいんだよ。持ち帰りやすくて大量に簡単にできるやつ、なにかないか？　安けりゃありがたい」

「そうですねえ……」

お葉は白い頬に手を当てて考え込んだ。

「飴なんかは簡単にたくさん作れるけど溶けちゃうかもしれないし、おまんじゅうは傷むと困るし、あいすくりんはそんなに大量には作れないし……」

「宇佐伎神社のお菓子ならうさぎの形がいいよ、女将さん」

おみつが無邪気に言う。お葉は「うさぎの形は難しいのよ」と言ってまた考え込んだ。

「まあ、今すぐってわけじゃないんだ。来月二十五日までにできりゃいい。なんか考えておいてくれ」

「はい……」

お葉はぼんやりした顔で応えた。たぶん頭の中は祭りの菓子のことでいっぱいになっているのだろう。新製品を作ることが好きなお葉にとって、こうした依頼は腕と知恵が試される場だ。

「うさぎさんもお祭り楽しみだね」

おみつは兎月の懐から顔を出しているうさぎの頭を撫でながら言った。うさぎはおみつの小さな手で撫でられ、耳を寝かせて気持ちよさそうにしている。

「今日は相談だけなの？　おまんじゅうはいいの？」

おみつは兎月を見上げる。しっかりしている小さな店員に、兎月は苦笑してうさぎ饅頭を二つ買った。

「次はパーシバルのところだ」

アメリカの貿易商パーシバルの名を出すと、饅頭を頬張ったうさぎが顔を覗かせる。

「パーシバルに言えばさらに大事《おおごと》にならないか？」

「黙って祭りをやったらあとでごねられそうだ」

「まあそうか。賑やかなことが好きだからな」


二人の想像どおり、パーシバルは祭りと聞いて大喜びした。

「商会からもなにか店を出しまショウ！」

くっつかんばかりに寄ってくる商会頭取の顔を、兎月は押し返した。

「他の出店との兼ね合いもあるから、あまり金がかかることはしないでくれよ？」

「もちろんデス。ウチならではのものがいいデスね。ビールやワイン……いや、温くなるとおいしくないか。うーん、どうしまショウ」

パーシバルはにこにこと考え込む。

「ツクヨミサマはなにがよろしいデスか？」

ケルトの巫《かんなぎ》――ドルイドの血を引くパーシバルにはツクヨミの姿も見える。急に話を振られてツクヨミは食べていたクッキーをあわてて飲み込んだ。

「我は別に……。ただ参拝にきてくれる皆が楽しめるといい」

「そうデスか。ツクヨミサマは優しい神様でいらっしゃいマスね」

パーシバルの言葉にツクヨミうさぎは耳を前の方にひっぱって顔を隠した。人間に褒められて照れる神様っているのかね、と兎月はこっそり笑う。

祭りが近くなる頃までになにか考えておくと言うパーシバルに見送られ、兎月とツクヨミは商会を出た。

「今度はどこへ行くのだ？」

「大五郎のところに寄ってみる。今回の祭りの肝はあいつらだからな」

大五郎組に着くと、すぐに大五郎自身が飛んできた。

「ああ、先生。ちょうど知らせが刷り上がったところですよ、見てくだせえ」

大五郎が束で持ってきたのは二十五日の祭りの知らせだった。場所と日にちだけのあっさりとしたものだが、二色刷りで日が目立っている。

兎月は入り口の上がり框《かまち》に座ると、それを両手で持って懐のうさぎに見せた。

「どうだい？　これを町のあちこちの店に貼るんだってさ」

知らせの紙を見たうさぎが後脚で兎月の腹を蹴った。ぶーっと不機嫌そうに唸る。

「どうした？　なにか気に入らねえのか？」

框の上に知らせを置くとうさぎが懐からぴょんと跳び出た。知らせの上に乗って足をたんたんと打ちつける。

「ええ？」

よく見ると宇佐伎神社の「伎」の文字が「技」になっているではないか。

「うわっ、マジかよ！」

「え？　え？」

兎月の声に大五郎がおろおろする。子分たちも寄ってきて、みんなの頭が紙の上に輪になった。次の瞬間、

「ぎゃ――――――っ！」

大五郎組の屋体が震えるほどの大声が上がる。

「誰だ――っ！　こっ、こんな巫山戯《ふざけ》た間違いをしやがったのは！」

大五郎が顔を真っ赤にして怒鳴った。

「で、でも最初に見本を作って見せたとき、親分がこれでいいっておっしゃったんですぜ？」

辰治が怖々と言った。大五郎は辰治の胸ぐらを摑むと額をぶつけんばかりの勢いで引き寄せた。

「ばっ、馬鹿野郎！　そこでちゃんと俺の間違いを注意すんのがおめぇたちの役目だろうが！　この唐変木《とうへんぼく》！」

そう怒鳴って床に叩きつける。立ち上がると奥へ走り込み、戻ってきたときには長ドスを引き抜いていた。

「この馬鹿野郎ども！　俺に恥をかかせやがって！　ぶっ殺してやる！」

「わあっ！」

「お、親分！　勘弁して！」

子分たちは悲鳴を上げて逃げ出した。

「お、おい、大五郎！　やめろっ！」

兎月は仰天して大五郎の前に立ち塞がった。

「せ、先生、すまねえ！　こんな不始末……俺の首でいいなら持っていってくれ！」

大五郎は長ドスを兎月に差し出し、がくりと床に膝をついた。

「馬鹿言うな、こんなことでおまえの命を奪えるか」

兎月は急いでドスを奪い、そばにいる子分に渡した。

「そ、そうです、親分！　すぐに刷り直します！　版木を削り直して……！」

「で、でもよう、今からまっさらの紙を用意するのは難しいですぜ」

「金に糸目はつけんな！　大五郎組が初めて取り仕切る祭りだぞ！」

うなだれる大五郎の周りで子分たちが大騒ぎしている。うさぎは散らばった知らせの上に乗り、間違った文字をじっと見つめた。

「兎月」

ちょいちょいとうさぎは兎月の足をつついた。

「なんだ？」

抱き上げるとうさぎは兎月の顔のそばで囁《ささや》く。それを聞いて兎月はうなずいた。

「おい、大五郎……」

「とにかくすぐに刷り直しを……へいっ！　なんでしょう、先生」

息を荒らげる大五郎に兎月は知らせを突きつけた。

「刷り直しはいい。この一文字だけなんだ、上からなぞってしまえよ」

「そ、それは……」

大五郎は目を泳がせる。周りの子分たちはそれを聞いて、互いの顔を見合せうなずいた。

「なあ？　紙ももったいないし、時間もかかるだろう？　これでいいよな」

「そんな。そんなことをしたら「伎」の文字だけ太くなってみっともなくなりますぜ」

兎月はしゃがむと大五郎の肩に手を置いて軽く叩く。

「町のなじみのない人間には「伎」がどっちだろうとたいした問題じゃねえよ。せっかくきれいに刷り上がってんだ、このまま使おう」

「でも、」

まだ抵抗しようとする大五郎に兎月はかぶせた。

「これはうちの神様のご神託だよ。それが聞けねえのか？」

「えっ……」

大五郎は兎月の懐から顔を出しているうさぎを見た。もちろん彼はうさぎの中にツクヨミが入っているとは知らない。だが、うさぎが神社の神使ということは知っているので、それを通じてなにかの神託が告げられた、と思ったのかもしれない。

「先生……」

涙もろい大五郎の目が潤み出す。

「こんな大失敗になんてお優しい言葉を……大五郎このご恩は生涯忘れません」

「大げさだよ」

子分たちを見るとみんなあからさまにほっとした顔をしている。どこで間違いがあったかはわからないが、親分の機嫌が悪くなって刀の錆になるのはまぬがれたようだ。

「先生ありがとうございます。祭りに人が押しかけるような仕掛けを必ず考えます」

辰治が鼻血を出しながら頭を下げる。さっき大五郎に床に叩きつけられたときぶつけたのだろう。だがそれも気にならない顔で笑っていた。

「知らせのことは本当に申し訳ありませんでした。何度もちゃんと見たんですがねえ」

辰治は誤字があったことに納得できないような顔をしていた。単純なことほど失敗もあるよ、と兎月は慰めておいた。

二

それからしばらく経った日の夜、兎月は夕餉《ゆうげ》をとるために、ぶらぶらと麓へ降りた。

懐には神使のうさぎに入ったツクヨミが顔を覗《のぞ》かせる。

店の並ぶ通りを歩けば、兎月と同じように一杯飲みに出た人々に声をかけられた。

「お、宇佐伎神社の用心棒」

「うさぎの先生、こんばんは」

最初は気恥ずかしかったその呼び名にももう慣れた。兎月は軽くうなずいたり、手を上げたりして応える。

「今度祭りがあるんだってね」

店仕舞いをする八百屋の女将が呼びかけた。

「ああ、遊びにきてくれ」

「大五郎組が貼らせてくれって置いていったよ」

指さす方を見れば柱に「八月二十五日　宇佐伎神社大祭」と刷られた知らせが貼ってある。もちろん「伎」の字は書き直されている。

「ああ、ありがとう」

ツクヨミうさぎは懐から顔を出し、知らせを見て鼻をぴくぴく動かす。

「楽しみだね」

「おう」

数歩歩けばその知らせが夕闇の中で白く浮き上がる。あちらの店、こちらの壁、厄除けのお札のようにベタベタと貼ってあった。

「……貼りすぎじゃないのか？」

兎月の懐にいるツクヨミが呟く。

「まったくなあ」

兎月も苦笑した。

「こんなにたくさん……函館中の人間が押し寄せたらどうするのだ」

「いいじゃねえか。賑やかな方がいい。おまえだって参拝客が多い方が嬉しいだろ？」

「それはそうだが……境内は狭いのだぞ」

ツクヨミがなんとなく不安そうな声を出すので、兎月は手を懐に入れた。

「まあどうなるかなんてわからねえよ。捕らぬ狸の皮算用になるよりは、当たって砕けろってやつだ」

「砕けたら困る」

そう言っているうちに目的の店に着いた。最近できたうまい酒と肴《さかな》を出す小料理屋で、ここのところ毎晩通っている。ツクヨミも店の雰囲気が好きだと言っていた。

「いらっしゃい、用心棒の先生」

店の看板娘おりんが明るい声を上げる。くすぐったい気持ちを抑えながら兎月は卓についた。

「冷やと、なにか刺身ができるかね」

兎月が聞くと「アイナメがありますよ」と板場から声が上がった。店主で板前の鉄蔵《てつぞう》がまだぴちぴちと動いているアイナメの尾を持って見せる。

この店では朝と夕方、店主が釣ってきた魚を出す。たらいに海水を張り、直前まで泳いでいる活きのよさが売りだ。

「じゃあそれを半身で、残りは焼いてくれ」

「へい、神様には菜っ葉でいいかね」

「ああ、頼む。あと握り飯もな」

最初に店に来たとき鉄蔵はツクヨミうさぎを料理しようとした。兎月が神様の使いだと説明すると、恐れ入って謝り、それ以降は神として扱ってくれる。

ツクヨミは卓の上に乗ると、兎月が注いだ酒を頭を下げてなめた。

「お、見ろよ」

兎月は店の柱を指さした。そこにも祭りの知らせが貼ってある。

「ここにも大五郎組がきたんだな?」

「へえ」

板前が包丁を振るいながら答えた。

「楽しみですねえ、お祭り。あっしも店を閉めたらお参りにいきますよ」

「ああ、ぜひ来てくれ。御利益があるかもしれんぞ」

兎月は「な？」とツクヨミを覗き込む。うさぎはきっと顔を上げて兎月を睨んだ。

「商売繁盛の御利益なぞないぞ！　軽々しく言うな」

「人は自分の欲しい御利益を信じるものさ」

板前が刺身を造り終え、おりんが皿を運んできた。

「この知らせ、本当にあちこちに貼ってあるんですよ」

おりんはおかしそうに言った。

「大五郎組の人たちが毎日走り回って頭を下げて貼っているんですって。前は嫌われものだったのにねえ。それも宇佐伎神社の御利益だって評判いいんですよ」

「へえ、そうかい」

確かに最初は大五郎組との折り合いは悪かった。連中は町で乱暴を働き、神社を夜討ちしようとまでしたのだ。だが兎月が怪ノモノを祓い、神社が町を護っていることを知ってから、一転、町の人々のために働くことを決めた。

もちろん評判の悪かった大五郎組のことだ、最初は信用されなかった。しかし秋から冬、春にかけて、年寄りや寡婦の面倒を見たり、土木工事をしたり、木材を安価で提供したりと地道に働き続け、今では頼もしい親分一家と見られている。

「汚い手で他人さまを泣かせて手に入れた金より、少なくても笑って渡してもらえる金の方が光ってみえるんですよ」

大五郎はそう言っていた。

組としての経営が成り立たず、若い者が味噌汁一杯で過ごした日々もあったという。それでも組のものが――大五郎自身も必死に働いてここまできた。

一家の人数は少なくなったが、残っているものは皆大五郎に恩義を感じついてきたものたちだ。結束は強い。

「神社のおかげで大五郎が変わり、大五郎が変わったから神社の評判も上がり……どっちも得になってよかったってことだ」

兎月は刺身を口に入れ、店の人間には見えないように一切れうさぎにやった。ツクヨミうさぎは醬油をたっぷりつけて白身の刺身を飲み込む。

「祭りが楽しみになってきたな」

「……」

ツクヨミは顔を上げ、柱に貼られた知らせを見た。

「本当に多すぎる……」

「ああ、みんな期待してくれてるんだ」

兎月は陽気に言って杯を持ち上げる。

「期待……」

冷えた酒が喉を滑り落ちる心地よさを堪能していた兎月は、だからうさぎの赤い目にゆらりと不安が覗いたことには気づかなかった。


さらに数日が過ぎ、海からの湿気が霧となって函館山を取り巻いた朝のことだ。視界が利かない、というほどでもないが、神社から見下ろすと麓の町がうっすら霞んで見える。

「べたべたしやがっていやな天気だなあ」

兎月は鼻先を手で払ってみたが、そんなことで霧が除けられるわけでもない。

「仕方がない。三方が海なんだからな」

賽銭箱の上に座っているツクヨミがそっけなく答える。兎月は木綿の単衣《ひとえ》を着ていたが、それも汗と湿気で体に貼りつくようだった。

「祭りの日はからっと晴れてくれるといいんだが。天の神様にそれとなく話を通しておいてくれよ」

「だから！　天の運行はそんな簡単なものではないと……」

そんな話をしていると、おみつが息を切らして神社の階段を駆け上がってきた。

「兎月のおじちゃーん！」

おみつは手に紙の袋を持っている。

「おみつだ。なにか菓子を持って来てるみたいだぜ。うさぎに入っておけよ」

「む、そうだな……」

ツクヨミは神使のうさぎを一羽呼び寄せるとその中に入り込んだ。実体を持った白い毛玉がぴょんと階の上に現れる。

おみつは境内の玉砂利を蹴って全力疾走でこちらに向かってきた。

「お祭りの日に配るお菓子の見本ができたよー！」

おみつの着物は汗と湿気で海から上がったようにぐっしょり濡れている。顔にも玉のような汗が吹き出していた。

「こんな日に走ってこなくても」

兎月はあきれて袂《たもと》でおみつの顔をぬぐった。

「だって早く見せたかったんだもん」

はあはあと息を弾ませながら、おみつは紙袋を兎月に差し出した。

「見て見て！　これなら絶対お客さん喜んでくれるよ！」

「お客さんじゃなくて参拝者な」

紙袋の中には小さなこよりに包まれたものがたくさん入っていた。開いてみると中から出てきたのは、正面を向いて座っているうさぎの形をした干菓子だった。

「お、こりゃあかわいいな」

兎月が干菓子を手のひらに載せてツクヨミうさぎに見せると、うさぎの耳がぴんと立ち上がった。おみつの前なので声は発しないが、気に入ったようだ。

「でしょう？　女将さんが考えて木工の職人さんに型板を発注したの。いっぺんに大量に作れるようにって大きな型板にたくさん彫ってもらって。それもね、いろんな形があるんだよ！」

おみつは別のこよりも開いた。するとそこには横向きでぴょんと跳ねているうさぎがいた。他にもうさぎの後ろ姿や立ち上がって踊っている姿など、楽しい趣向が凝らしてある。

全部開いて神社の階の上に並べると、目に見えない神使のうさぎたちが集まってきた。

『ナンダ　ナンダ？』

『コレハ　ミゴト』

『コレ　ワレニニテル』

『スゴイ　スゴイ』

うさぎたちは干菓子の周りで飛び跳ねている。おみつはまったく気づかず自慢げに作り方を披露した。

「干菓子の材料をその型板に全部振ってぎゅううって蓋で押しつけるの。それであとはその型板を逆さにして抜いてまた振って……。短い時間でたくさん作れるの！」

ぎゅううと言うとき両手のひらを合わせて上下に押しつけてみせた。

「へえ、焼いたりするのか？」

「ううん、型にいれて押すだけなの。だから口にいれるとほろっと溶けるの。それでね、一個ずつこよりにするのは大変だから大五郎さんたちの力を借りられないかなって……おじちゃん、頼める？」

最後を遠慮がちに言うおみつに兎月は頬を緩めた。そんな表情の作り方がお葉によく似ていたからだ。

「ああ、大丈夫だ。大五郎たちも喜んで手伝ってくれるさ」

「本当!?　嬉しい！　じゃああたしお店に帰って女将さんに伝えておくね！　女将さんも喜ぶよ！」

そのとき神使のうさぎたちが顔を上げ、耳をぴくぴくさせた。

『ダレカ　キタゾ』

『パーシバルガ　キタ』

兎月が鳥居の方を見ると、うさぎたちの言うとおり、パーシバルの金髪が見えた。

「兎月サーン、ツクヨミサマー」

パーシバルはぜえぜえと、息も絶え絶えな様相で上がってきた。

「ジーザス、今日はひどい霧デスね。いつもの倍、石段がつらいデス」

パーシバルは兎月の前まで来ると、膝に両手をついて頭を下げた。

「だらしねえなあ、おみつを見な。駆け上がって来たのにぴんしゃんしてら」

「ワタシをいくつだと思ってるんデスか。子供と一緒にしないでくだサイ」

パーシバルはむうっと不満げな顔をしたが、すぐににっこりしておみつの頭を撫でた。

「こんにちは、おみつサン。お葉サンはお元気デスか」

「はい、パーシバルさま！　女将さんは元気です。今日もお祭りのお菓子ができたので見せに来たんですよ！」

おみつが言ってパーシバルにうさぎの形をした干菓子を見せる。パーシバルは相好を崩した。

「おお、なんとかわいらしい！　これを当日売るのデスか？」

兎月はパーシバルの手から干菓子をつまみ上げると首を振った。

「いや、こいつぁ神社までお参りにきてくれた人に配るんだよ。こんな山の上まで来てくれるんだからな。なにかご褒美があったら嬉しいかと」

「まあ、確かにここまで上るのは大変ですからネ。しかしコレは素晴らしい。きっと評判になりマスよ」

そう言いながらパーシバルは懐から紙包みを取り出した。兎月のそばにいる実体を持ったうさぎにそれを見せる。

「こんにちは、ツクヨミサマ。実はワタシも当日販売するものを考えてきたのデスよ」

パーシバルはうさぎに入っていないツクヨミも、神使のうさぎたちも見える。今、人型のツクヨミがいないので、実体のうさぎを彼だと知ったのだろう。背の高い異人が小さなうさぎに頭を下げているのは滑稽だった。

「なんだ？　これは」

兎月も紙包みの中を覗き込んだ。そこにあったのは白い泡のような形をした塊で、上に茶色のタレがかかっている。ツクヨミうさぎはそれの匂いを嗅いで、パーシバルを見上げた。問いかけるような顔にパーシバルは唇をほころばせて答える。

「ポップコーンデス。最近本国《アメリカ》で流行り始めたもので、トウモロコシの実を乾燥させ、それを火で炒ると弾けてできあがりマス」

「へえ……このベタベタしているのは？」

指で触るとたれ部分がくっついて糸を引く。

「同じトウモロコシから作った糖蜜《シロップ》デス。ポップコーン自体には味がないのでこれを絡めていただきマス」

「ふうん……」

兎月はひとつまみ口に入れた。ふんわりしているのに歯で噛むときゅっと歯ごたえがある。優しいシロップの甘さが食欲を誘った。

「うまいじゃねえか」

パーシバルはツクヨミうさぎにもひとつ渡した。うさぎは前歯でさくさく噛んで、耳を盛んに動かした。気に入ったらしい。

「簡単にできますから当日はその場で作りマス」

「へえ」

兎月はぼりぼりと甘いポップコーンを口に入れた。ちなみに塩味のポップコーンの登場は、世界恐慌の時代を待たなければならない。

「参拝の方たちは喜んでくださるでショウカ」

「ああ、珍しいし大喜びだよ、なあ？」

うさぎに話しかけるとうむうむともうひとつ口に入れうなずく。

「あたしも食べたい！」

おみつが手を出すので兎月は一摑み手のひらに載せた。おみつはくんくんと匂いを嗅ぐと口にいれる。

「……おいしい！　女将さんにも持って行ってあげたい！」

「いいデスよ、おみつサン。ワタシがあとで持って行きマショウ」

「ありがとうございます、パーシバルさま！」

おみつは両手で頰を押さえて、ぴょんと飛び上がった。神使のうさぎたちも真似をしておみつの足下で跳ねている。

「干菓子にポップコーンか！　楽しくなってきたな」

兎月はツクヨミうさぎの頭に手を置いた。うさぎは瞬《まばた》きし、はっとした顔で兎月を見上げる。

「ん？　どうした？」

兎月がツクヨミの顔を覗き込んだとき、周りの神使たちが騒ぎ出した。

『マタ　ダレカキタ』

『オオゼイダ』

「え？」

鳥居を見やると大五郎組の数人が駆け上がってきたところだった。

「先生！　兎月の先生！」

大五郎を先頭にみんなが喜色満面で走ってくる。

『アア……タマジャリヲ　アンナニケチラシテ』

うさぎの中でも神経質なものがいるらしい。耳を前の方に引っ張って遺憾の意を表明する。

「おう、どうした」

そばまできてパーシバルに気づいた大五郎たちは、たたらを踏んで立ち止まる。

「お、こ、こりゃあ、パーシバルの旦那……」

大五郎組は以前パーシバル商会の副頭取に命じられて、お葉にいやがらせをしていたことがある。その後副頭取とは手を切り、お葉にも詫びを入れた。

パーシバルとも屋敷の冬の社《やしろ》を作るため何度か顔を合わせてはいるが、やはりまだ外国人には苦手意識があるようだ。ちょっと気まずそうな顔をしてうつむいてしまった。

「こんにちは、大五郎サン」

パーシバルの方から愛想よく頭を下げると、ヤクザたちもあわててぺこぺこと姿勢を低くした。

「どうしたんだ、みんな揃って」

「いえ、あの」

チラチラと大五郎はパーシバルを見る。

「こいつは気にしなくていいぜ。祭りに協力してくれるんだ」

「へ、へえ……そうですかい。パーシバル商会さんが……」

大五郎の背後から辰治が顔を出した。

「先生、実はいい考えが浮かんだんですよ、これで上の神社まで人が来ること間違いなし！」

「ほう、どんなんだ？」

辰治は大五郎に顔を向けた。大五郎はおずおずと近寄ってくると、

「いや、ほんとは辰治が考えついたんですよ。おい、おめえから先生に話せ」

大五郎に言われて辰治はつま先だってこそこそと近づいてきた。足音でも立てたら叱られるんじゃないかと思っている様子だ。

「じゃあ僭越《せんえつ》ですがあっしから。実はですね、お参りにもうひとつ目的があった方が行きやすいんじゃねえかと思いやしてね」

「目的？」

兎月は袂の中で腕を組むと首を傾げた。

「へえ。麓の店でなにか買うと蠟燭を一本——小さいのでいいんで——それを客に渡すんですよ。それでその蠟燭に火をつけて、神社にお参りして供える……。神様に捧げるお燈明《とうみょう》ってやつです。蠟燭もらっちまったら、やっぱりそれは供えたくなるのが人情ってやつじゃないですかい？」

「ほぉん……」

兎月は感心した。確かにそれなら自然に山の上まで人を誘えるかもしれない。

「なるほど、考えたな」

「蠟燭の仕入れはうちに任せてくだせえ。残っても来年使えますからね」

若頭の悪兵衛が着物の袖をまくり上げて言った。腕には菊花の入れ墨がある。

「しかしそれだとおまえたちの持ち出しが多くねえか？」

町中に貼った知らせの代金も大五郎組に負担してもらっている。これ以上無理をさせるのはさすがに……と兎月は難色を示した。

「いやいや、その辺はちゃんと考えてあります。そのうちみんな自分で蠟燭を用意するようになると思うんで、そうしたらうちの蠟燭を売って儲けにします」

辰治がさらっと説明した。たぶん、すでにそう説得して大五郎に許可を得ていたのだろう。

「すごいな、策略家だな」

この辰治という若者は本当にヤクザにしておくのが惜しい、と兎月は思った。商家に生まれていれば商売繁盛間違いなしだろう。

話を聞いていたパーシバルも感心してうなずいている。

「それはいいアイデアデス。アメリカにもケルトを発祥としたハロウィンという行事があります。それはくりぬいたかぼちゃの中に蠟燭をいれてさげて歩きマス」

パーシバルにもお墨付きをもらい、大五郎は喜んだ。

「それでその蠟燭を置く台を境内のどこかに置きたいんですが、その相談をさせていただきたいんですよ」

辰治が境内をぐるりと見回した。

「どんな形にするか、いくつ置くか……」

「うーん、楽しいイベントを考えましたね」

パーシバルはパンパンと手を叩いて大五郎組の考えを賞賛した。

「大五郎サンたちにそこまでされたら、ワタシの方でももっと噛ませていただきたいデス。よろしい。ワタシは……そうデスね、浜から花火を打ち上げましょう！」

パーシバルの言葉に兎月はもちろん、ヤクザたちも驚いた。

「花火だって⁉」

ツクヨミうさぎも驚いたらしく、兎月の足下で飛び上がった。

「ハイ。ここからだと向こうの浜……あそこから花火を打ち上げマス」

パーシバルは鳥居の少し右の方を指さして言った。大森浜の方だ。

神使のうさぎたちもぴょんぴょんと跳ねて浜を見ようとしている。

「し、しかし花火といやあ金がかかるだろう？」

「そこはソレ、函館の人たちに愛され親しまれているパーシバル商会デス。うちの名もより一層あがるでしょう」

パーシバルはパン、と自分の胸を叩いて言った。無邪気な子供のような表情がその面を覆っている。この祭りを十二分に楽しむつもりのようだ。

「花火か！」

「さすがパーシバルの旦那、そりゃあ剛毅《ごうき》だ！」

大五郎の子分たちも喝采を上げた。

「こいつあうきうきしてきた。ちくしょう、花火なんて派手なことされたら負けられねえな、なにかないか、辰治！」

大五郎が無茶ぶりする。だが辰治は（もしかしたら）すでに考えていたかのように叫んだ。

「へえ、じゃあこっちは神輿《みこし》を繰り出すのはどうでやんしょう！」

「神輿！」

わあっと大五郎組の男たちが喝采を上げた。

「神輿か、わっしょいだな！」

「こりゃあ楽しい」

「神輿はメリケンにはねえだろ、ええ？　パーシバルの旦那！」

ヤクザたちはパーシバルを取り囲み、わいわいと話している。ツクヨミうさぎは兎月の着物の裾をひっぱり、小声で囁いた。

「兎月！　兎月！　話が大きくなりすぎている。花火だの神輿だの、我はそんなこと望んでおらん」

「いいじゃねえか、みんながやりたいって言ってるんだから」

必死な調子のツクヨミに、兎月は軽く答えた。彼の気持ちが浮わついていることはツクヨミにもわかった。

「大体これで民が大勢押しかけて参られても、我は願いを叶える力がないのだぞ。宇佐伎神社の本分は怪ノモノから人々を護ること、それだけなのだ」

「誰も気にしやしねえよ」

兎月はツクヨミを振り向きもしない。

「我が気にする！　兎月、花火と神輿は止めさせろ！」

「いいじゃねえか、俺だって花火を楽しみたいし、神輿も楽しいもんだ」

「兎月！」

兎月はツクヨミうさぎを置いて大五郎たちの方に歩いて行った。すぐに輪に入り楽しげに話し出す。

「神輿は一基でいいですかい？」

「回るのはどの道筋で？」

「市内中練り歩くか！」

人間たちは大騒ぎしている。その光景をツクヨミうさぎは呆然と見ていた。神使のうさぎたちがそばに集まってくる。

『カミサマ　ドウシタ？』

『ウレシクナイノカ　カミサマ』

『ダイゴロウモ　トゲツモ　パーシバルモ　ガンバッテル』

うさぎたちは、ツクヨミの揺れ動く心を察して不安げな声を上げた。

「……確かに我は祭りをしたいと言った」

ツクヨミはうさぎたちを見ずに呟く。

「しかしそれは……こんな大事にするようなことではないのだ」

神使の中でも大柄なものがとまどった様子で言った。

『デモ　ニンゲンタチハ　カミサマノ　タメニ』

「違う」

ツクヨミうさぎは両耳をぎゅっと前にひっぱって顔を隠した。

「宇佐伎神社の本分は怪ノモノを討つこと、函館の人々を護ること……この祭りはそうじゃない……あやつらが……勝手に楽しんでいるだけだ」

「おお、見ろよ！」

人間たちが歓声を上げる。ツクヨミは何事かと目を向けた。すると函館山を取り巻いていた霧が薄れ、日差しが出てきていた。

「霧が晴れた！」

「神様が喜んでらっしゃるんだ！」

人間たちはわあわあと空を見上げて喜んでいる。

その様子を見ていたツクヨミは、すっと入っていたうさぎから抜けた。その途端、白うさぎの姿は見えなくなるが、人間たちは誰も気づいていない。

『カミサマ！』

『カミサマ　ドコヘ』

ツクヨミは神使たちにも応えず神社の本殿に姿を消した。

うさぎたちは境内であだこうだと騒いでいる人間たちを見た。今は兎月にもパーシバルにも声は届かない。

『カミサマァ……』

うさぎたちは階の下に立ち並び、しょんぼりと耳を垂れた。

三

『ニンゲンノ　バカー！』

『カミサマ　デテコナクナッタ！』

『オマエノセイダ　バカトゲツ！』

兎月が大五郎やパーシバルたちを見送り神社に戻ってくると、うさぎたちがそれはもう凄い勢いで怒りながら飛び跳ねてきた。

「うわっ、なんだよ！」

ツクヨミが神使と認めた兎月には、うさぎたちは触れることができる。怪ノモノを破壊する勢いとは言わないまでも、かなりの強さで体当たりされ、兎月は悲鳴を上げてよろめいた。

「やめろ、馬鹿うさぎ！　なにしやがる！」

『バカハソッチダ！』

うさぎたちの中でも常日頃から短気な一羽が、兎月の頭に蹴りをいれたあと、仁王立ちになって歯を剥いた。

『カミサマノキモチ　ゼンゼン　ワカッテナイ！』

「なんだって？」

『ミミノ　ミジカイヤツハ　コレダカラ』

今度は普段から皮肉屋のうさぎが肩をすくめる。

「どういうことだ。ツクヨミはどこにいるんだ」

『カミサマ　オヤシロ』

別の一羽がおろおろと兎月と本殿を交互に見ながら教えてくれた。

『オコモリシテ　ワレラモ　ハイレナイ』

「なにを馬鹿な……」

兎月は階を上がって本殿の扉に手をかけた。いつもなら軽く開くはずの扉が、どうしたわけか、押しても引いても動かない。

「おい！　ツクヨミ！」

兎月は本殿の扉を叩いた。

「どうしたんだよ、ここを開けて出てこい。耳長たちが心配してるぞ」

『ミミナガ!?』

『ミミナガ　ダト！』

うさぎたちはぴょんぴょんと飛び跳ねた。

「ツクヨミ、いるんだろ？　なにか気に食わないことでもあるのか」

中からは返事がない。兎月はため息をつくと扉に背を預けて座り込んだ。

「せっかくみんながおまえのために祭りについて話し合ってくれているのに……」

「——我のため、だと？」

ようやく応《いら》えが返ったが、それはひどく不機嫌そうだった。

「我のためなんかではない。おぬしたちは自分たちのためにやっておるのだ！」

「ツクヨミ！」

兎月はぱっと振り向き扉を開けようとした。だが、がしりと拒否される。

「どういうことだよ！　この祭りは神社のための……」

「我をないがしろにして、なにが神社のためだ！」

バアンッと内側からぶつかったような音がした。触れていたところがビリッと痺れる。

ツクヨミがこんなに激しく感情を露わにしたのは初めてではないだろうか？

「おぬしたちは自分たちが楽しければいいのだ！　我は出店もお菓子も花火も神輿も望んではおらん！」

『カシハ　チョットホシイ』

『ソウダ　カシニ　ツミハナイ』

ツクヨミと同じくらい食いしん坊のうさぎが物欲しげに呟いた。もう一羽もそのとおりと言うようにうなずく。

「おまえら、ちょっとどこか行ってろ。ややこしくなる」

兎月は振り向いて集まっているうさぎたちを手で払った。うさぎたちはぶーっと唸って不満の意を表明する。

「ツクヨミ。おまえがさっきそんなことを言ってたのは知ってるさ。だけどあんなに盛り上がってるあいつらに、水を差すようなこと言えねえだろ」

「それがすでに我をないがしろにしていると言うのだ！」

ツクヨミの声は少し涙が滲《にじ》んでいるようにも思えた。

「兎月だって、我の神使のくせに我のことより他の人間に気をつかっておるではないか！　なにが花火だ、なにが神輿だ、浮かれおって！　そんなに祭りがしたいなら我抜きでやればよい！」

「ツクヨミ。本気で言ってるのか？」

兎月は低い声を出した。ツクヨミの理不尽な怒り――兎月にはそう思えた――に、こちらもかちんときてしまう。

「俺が、俺たちがいつおまえのことをないがしろにしたって言うんだ！　みんな宇佐伎神社が好きだから……おまえを大事に思っているから祭りを成功させたいと思っているだけだ。おまえこそ氏子の気持ちを考えもしてないじゃないか！」

あ、言いすぎちまった、と思ったが、言葉は止まらず飛び出してくる。

「大体おまえらカミサマってやつは人間のことを見下しているんだ！　自分の機嫌次第でどうにでもなると思ってんだろ！」

『ト、トゲッ』

『カミサマ　ニ　ムカッテ』

うさぎの中でも気弱なもの、心配性なものが兎月の周りをうろうろする。他のうさぎたちは少し離れた場所から兎月と閉まっている本殿を見守っていた。

「言っておくが！」

ツクヨミも同じくらいの勢いで言い返してくる。

「さっき霧が晴れたのは我の力ではないからな！　我の機嫌で天候が変わるなら今頃は雹《ひょう》が降っておるわ！　おぬしたち人間の方が自分たちの都合で神をいいように扱っておるのだ、わきまえよ！」

「自分の力が足りねえのを自慢するな！」

バンッと再び扉が内側から弾かれた。その勢いで兎月は階を転げ落ちる。

「……いってえ……。やりやがったな！」

兎月は立ち上がると階を走り上り、足で扉を蹴り破ろうとした。その一瞬前、三羽のうさぎが兎月と扉の間に入り込み、体を張って扉を護ろうとした。

「……っ！」

さすがに兎月もうさぎを蹴ることはできず、足は中途半端に空に浮いたままになった。

『トゲツ　ヤリスギ』

止めに入ったうさぎが冷静な声を出す。

『オチツケ　モチツケ』

『ウマイコト　イウナ』

場違いなほど明るく言ううさぎに兎月はしぶしぶ足を下ろす。自分が大人げないことをしようとしたのはわかっているのだ。

『スコシ　ジカン　トレ』

兎月を止めたうさぎが言った。

『ワレラモ　カミサマト　ハナス』

赤い目が穏やかに兎月を見上げる。その目の中に映った自分を見て、兎月も心を落ち着けた。まったくうさぎに説教されるなんて。

「わかった。すまねえ、俺は修行が足りんようだ」

『ミミガ　ミジカイカラ　キモ　ミジカイ』

『ミミノコト　ハ　モウイイカラ』

兎月は閉まったままの本堂の扉を見た。中からはもう応えがない。

もう一度扉に触れたがもう痺れはなかった。ただ固く固く閉ざされていた。


兎月は麓に下りるとその足で豊川稲荷に詣でた。遊女たちが寄進したという石灯籠が境内にずらりと並ぶ。灯りが入ればさぞ華やかなことだろう。

兎月は財布の中身を確認して、賽銭箱の上で逆さにした。バラバラと全財産が落ちていく。

パンパンと柏手を打ち豊川稲荷の名を唱えた。だが顔を上げても豊川の姿は見えない。

「くそ、揃いも揃って無視しやがって」

「神にくそはないだろう？　ええ？　人間」

ふうっとうなじに息を吹きかけられ、あわてて跳びすさる。背後に赤い着物の豊川稲荷が立っていた。艶やかな黒髪を結わずに背中に流し、着物と同じ朱色の紅を唇と目元に差している。

「いつもそうやって現れるのはやめろ」

兎月はうなじを擦《さす》りながら言った。そんな彼を境内にいる他の人間たちが、奇異なものを見るような目で見ているので思い出した。豊川は人の目には映らない。

「ちょっと相談がある……で、ございます」

口の中で囁いて、兎月は急いで移動した。あまり人がこない神社の裏手へ回る。

「どうしたんだい？」

豊川は空中から煙管を取り出し、それを口にくわえた。吸い込むとぽっと火が灯り、婀娜《あだ》っぽい唇から煙が吐き出される。

「ツクヨミのことだ」

「あの子がどうかしたのかえ？」

兎月は祭りを考えていること、それを大五郎たちと相談していたらツクヨミの機嫌が悪くなり、本殿にこもってしまったことを話した。

「へえ……」

豊川は面白そうに呟き、器用に狐の形をした煙を吐き出した。

「とにかく理由がわかんねえんだ。あいつは俺たちが自分をないがしろにしているって言うが、ないがしろにするってのはほったらかすってことだろ？　俺たちはみんなツクヨミに喜んでほしくて祭りをするんだよ。怒る理由がねえ」

話しているうちにまた腹が立ってきた。

「カミサマの考えていることはわからねえ！」

「まあお聞き、兎月」

豊川がまた煙を吐いた。その形はツクヨミの姿をしている。

「宇佐伎神社が一度焼けて、新しく再建されたのは知ってるだろ」

「ああ」

ツクヨミの本社は九州にある。そこからわざわざ北の果てへ分霊されたのだ。

「昔は麓にあったのさ。それで焼けないように山の中腹に移した。ツクヨミはその新しい神社に分祀されたんだけど、山の中腹だしね、最初はろくに参拝者もいなかった」

豊川は煙管で背後にある函館山を指した。

「あたしたち近隣の神は時折ツクヨミの様子を見に行ったものさ。なにせ分霊されたばかりの子供だったしね。でもあの子は腐ってもツクヨミ。祖神イザナギイザナミの直系だ。そのせいか、えらく気位が高くてね、あたしたちの見舞いも迷惑がっていた。大丈夫だ心配するな一人でやれるってね」

その様子が目に見えるようで兎月は苦笑した。

「他の神々は早々にツクヨミに飽きたようだったんだけど、アタシは生意気なあの子が気に入ってね。他の連中がいかなくなったあとも、ときどき様子を見に行っていたんだ。そんなある日ね……」

豊川が行くとツクヨミの機嫌が悪くなるので、その日豊川は神気を抑えてこっそりと覗きに行った。するとツクヨミは境内で神使を作っているところだった。

うさぎの形にしようとするが、参拝客が少ない神社の神気ではなかなか形がまとまらず、何度も失敗していた。さすがに強気のツクヨミの目にも涙が滲んでいる。

手伝ってやろうかと豊川が考えたとき、山道を上って子供と老人が上がってきた。

二人はツクヨミの本殿で祈り始めた。その祈りが熱心だったのか、作りかけの神使の姿が整って、ようやく一羽のうさぎが命を持った。ツクヨミは大喜びした。うさぎを抱きかかえ、その場で飛び跳ねもした。

さっそくツクヨミは神使を作る力を与えてくれた二人の祈りを聞いた。だが、耳を傾けているうちにその顔はだんだん暗くなっていく。

二人が参拝を終えて帰ったあと、驚いたことにツクヨミはしくしくと泣き出した。さすがに豊川も隠れていることができず、姿を現してツクヨミに声をかけた。

「どうしたんだい、立派な神使もできたのに。なにべそをかいているんだえ」

「我にはあの二人の願いを叶えてやることができぬ」

ツクヨミは悲しみが大きかったのか、素直に豊川に答えた。

「彼らはあの老人の娘、あの子の母の病の快癒を願った。それは我の領分ではない。我はあの二人に応えられぬ」

ツクヨミは子供が老人に言った言葉を聞いていた。それは「新しい神様だからきっとお力も強いよね」という期待の言葉だった。

「我の役目は山から下りてくる悪いものを止めるだけなのに」

「だったらその役目を無事に果たしてみなよ」

豊川はしゃがみこんで小さな神に言った。

「悪いものがあの二人の大事な人を穢《けが》さないようにさ」

ツクヨミはうなずいたが納得はしていないような顔をしていた。

それから参拝者も少しずつ増え、ツクヨミも神使を増やしていった。そして山から来る怪ノモノを頑張って止めてはいたが、やはり力が足りずに苦労していた。

「そんなとき、巡り巡ってあんたの刀が奉納されたのさ」

「是光が……」

官軍に銃で撃たれ絶命した兎月――海藤一条之介の手から離れた刀はいったい誰に拾われたのだろう。それが宇佐伎神社にやってくるなど、奇跡のような話だ。

ツクヨミは喜んだという。刀の持ち主はうさぎを庇って死んだ武士、うさぎになりたいと願った男。それはまさしく宇佐伎神社に相応《ふさわ》しい性根の持ち主だと。

「いや……だから俺はうさぎには……」

口をはさんだ兎月の唇に、豊川は指を押し当て黙らせた。

「きっと自分の力になってくれる、自分と一緒にこの町を護ってくれるとツクヨミは喜んだのさ。それで本社に掛け合って、輪廻の輪に乗る前だったあんたの魂を刀に封じたんだ」

その指を兎月の胸まで下ろし、とん、とつつく。

「あんたが目覚めるまで時間がかかったけど、その間どれほどあの子が楽しみにしていたか」

「……」

最初の出会いは最悪だったが、ツクヨミが自分を待ち望んでいてくれたことはわかった。兎月が拒絶すると大泣きし、神使になると言えば嬉し涙を滲ませた。まあ素直でないから憎まれ口は叩いたが。

そのときのことを思い出し、兎月は口元を緩めた。

「ツクヨミはね、期待に応えられないことを恐れているんだよ」

「期待に」

「最初の老人と子供がかけた期待に応えられなかったことが重荷になってるんだ。祭りをして函館中の人々がやってくれれば、ツクヨミが応えられない願いもするだろう。あの子はその重圧が恐ろしいのさ」

「……函館中なんて……そんなこたあないだろう」

言い訳のように言う兎月に、豊川は赤いまなじりで軽く睨んだ。

「最初はあの子もタカをくってたかもしれないけど、どんどん話が大きくなってるんだろ？」

「それは……」

確かに花火だ神輿だと兎月も思ってもいなかった話にはなっている。

「本当なら神は人の願いなんてそんなに気にしなくていいのにね。あたしたちが全ての願いを叶えられるわけがない。人は願うだけで満足なんだよ。願いを受け止めてやるのがあたしたちの仕事なんだ。でもあの子はまだ新米だからやみくもなんだよ。できるだけ叶えたいと思ってる」

「……」

「だけど宇佐伎神社の役割は怪ノモノ退治だろ。それを知ってる人間がどのくらいいるかだね」

そういえばはっきりと知られていないかもしれない。

「ああ、あとね」

豊川はくすっと笑った。

「単純に、自分が話に入れなくてすねてるって場合もあるよ」

「ああ……」

それは絶対あるだろうなと兎月は苦笑する。しかし、宇佐伎神社の本分を知られていないという方が問題だ。

「ちょっと思いついたことがある。ありがとう豊川。なんとかツクヨミを引っ張りだしてみる。そうしないと話にもならないからな」

「あんたの全財産分の答えにはなったかね」

「ああ、じゅうぶんだ！」

兎月は身を翻して豊川稲荷を飛び出した。豊川は胸の下で腕を組み、笑みを浮かべながらその後ろ姿を見送った。

「いい神使に育ったじゃないか、ツクヨミ」

四

ツクヨミは暗い本殿の中で足を投げ出して座り込んでいた。言い合いをした兎月はどこかへ行ってしまった。

もうそろそろ夜になる。兎月は腹を立て、自分に愛想を尽かして戻ってこないかもしれない。

あんなに言うつもりはなかったのだ。大事にしたくなかっただけなのだ。なのに兎月も大五郎も張り切って函館中の人間を集めようとしている。

「そんな器ではないのだ……」

人はツクヨミにいろいろなことを願う。そのほとんどは叶えてやれない。おみつの願いや父親を殺された姉弟の願い、母を亡くした娘の願いなどは兎月の力でなんとか叶えることはできたが。

叶えられなかった他の大勢の人間たちは、がっかりしたり失望したりしているのではないだろうか。いつもそんなふうに思ってしまう。

『カミサマ　カミサマ』

社の外で神使たちが声をかけてくる。

『デテキテ　カミサマ』

『オカオ　ミセテ』

心配そうな声。神使を不安にさせてなにが神だ。

しかし、ツクヨミは自分のしでかしたことが恥ずかしくて外へ出ることもできなかった。

そう、恥ずかしい。自分の思いが届かなかったと駄々をこねる子供のような振る舞いをしてしまった。月読之命であるこの我が！

『カミサマ　カミサマ』

『ダレカクルヨ』

『オオゼイダヨ』

神使の声に不安が混じった。ツクヨミはそっと立ち上がり、本殿の扉の隙間から外を覗いてみた。

正面の鳥居の向こうに火が見える。どうやら松明《たいまつ》らしい。それがいくつも揺れていた。

『ダイゴロウタチ　ダッタ』

鳥居まで飛んでいったうさぎが戻ってきて報告した。

『デモ　イツモト　チガウゾ』

先頭は兎月だった。驚いたことに紋付きの羽織袴を身につけている。夜は少し涼しくなるとはいえ、この夏に着るものではない。

羽織袴は兎月だけではなかった。組頭の大五郎はもちろん、若頭の悪兵衛、他の男たちも、三下の辰治まで、大汗をかきながらもきちんと着込んでいる。なぜか三味線や太鼓をしょったものもいる。

――なんだ、あの格好は。

ツクヨミは目を丸くした。

男たちは本殿の前にくると、持っていた松明を一カ所に集め、大きな焚《た》き火にした。

そして本殿の前に静かに座る。

ざっと袂の翻る音がして、男たちはいっせいに地面に額をつけた。

その中で一人、兎月は体を起こし、本殿を見つめる。隙間から覗いていたツクヨミは、どきりとした。こちらが見ていることはわからないはずだが、目がカチリと合った気がしたのだ。

兎月は大きく息を吸い、また吐き出した。懐から一枚の紙を取り出すと、焚き火の明かりを使って書かれた言葉を読み上げた。

「掛けまくも畏《かしこ》き月読之命、我ら一同御前に奉《たてまつ》る」

星降る夜の中、兎月の凛とした声が山の中に響く。

「我らの心白《まう》す事を聞こし食《め》せと、恐《かしこ》み恐《かしこ》みも白《まう》す」

ツクヨミはびくんとすくみあがった。正当な手続きを踏んで読み上げられた祝詞《のりと》だ。耳を塞いでもはっきりと聞こえてくる。

兎月の祝詞が終わったところで男たちは顔を上げた。そして揃って柏手を打つ。ぱあんと空気を割るような音が山の中に鮮烈に響いた。

「ツクヨミ、おまえの意向を無視して勝手に物事を進めて本当に申し訳なかった。心から謝罪する」

兎月が普段の言葉で、しかし真面目な様子で言って頭を下げる。

「月読之命さま。我ら一同誠心誠意宇佐伎神社にご奉公奉りまする。なにとぞ祭りの開催のご許可をいただけないでしょうか」

大五郎もそう言って頭を下げ、子分たちも倣《なら》った。

「……おぬしたち……」

その言葉が彼らの本心であることは、ツクヨミにはひしひしと伝わった。

兎月は大五郎組に行ってツクヨミが祭りの開催について二の足を踏んでいること、神の許可を得ずに勝手に話を進めていたことの傲慢さについて、大五郎に相談したに違いない。

それ故の正装、それ故の陳謝と伺い。男たちの表情には真摯《しんし》な思いが溢れていた。

「……」

ツクヨミは扉の内側に手を当ててその様子を見つめていた。

兎月も大五郎たちも自分ときちんと向き合おうとしてくれている。なのに自分は貝のようにこの中に閉じこもって。

『カミサマ　デテキテ』

うさぎたちも本殿の前に集まってツクヨミに話しかける。

『ミンナ　シンケン』

『モウ　ユルシテアゲテ』

わかっている。わかっているのだ。ツクヨミはもうとっくに兎月や大五郎たちを許していた。ただ自分の意固地さが足をすくませているだけだ。

「……よし、それじゃあ神様にお詫びの踊りを奉納しよう」

本殿の様子を見ていた兎月が立ち上がり、大五郎組に指示した。

——踊りだと？

急に雰囲気の変わった兎月に、ツクヨミはさらに隙間を大きくして顔を押しつけた。

子分たちは持ってきていた竹やぐらを組み、篝火《かがりび》を用意した。そのあと本殿の前から少しずれた場所に輪を描いて腰を下ろす。三味線や太鼓を背負っていたものはそれを地面に置いてさっそく鳴らし始めた。

「よし、一番手！　辰治、踊れ」

「えぇーっ、俺ですかい？」

悲鳴を上げながらも辰治は紋付き袴を脱ぎ、さらに着物も脱いで褌《ふんどし》一丁になった。

三味線が陽気な曲を弾き出す。辰治はぴょんぴょんうさぎのように飛んで輪の中に入った。

本殿の扉の前から微妙にずれている場所なので、その姿はツクヨミには見えない。しかし、辰治はなにか妙な動きをしているのか、どっと大五郎組の男たちの笑い声が上がった。

「じゃあ次はあっしが……」

大五郎はするすると着物を脱ぐと、自分も褌ひとつになり、ぴょんぴょん飛んで移動する。

――なんでそんな端で踊るのだ？　見えないではないか。

ツクヨミは扉をもう少しだけ開いた。

ゲラゲラと大きな笑い声があがる。どんな滑稽な踊りをしているのか、見えそうで見えない。

「じゃあ次は先生だ」

「よしきた！」

――兎月も？

ツクヨミは兎月の性格を知っていた。けっこう格好つけなところがある彼が、人に笑われるような真似をするのか？

兎月は本殿の前で着物を脱いだ。ちらっと本殿の扉を見る。

「ツクヨミ、おまえのために踊るぞ！」

兎月はそう言うとやはり褌ひとつになった。そして輪の方へ駆け出してゆく。

「いいぞー先生！」

「こりゃすげえや」

「先生、そんなことできるなんて！」

笑い声が大きくなり、盛んに野次が飛んだ。扉の前ではうさぎたちが騒いでいる。

『トゲツガ　トゲツガ』

『アアッ！　アンナコトヲ』

『ヤルナア　トゲッ』

うさぎたちの明るい笑い声がツクヨミの耳を刺激する。

——兎月がなにか面白いことをしている。あやつが笑いをとっている？　我のために踊っている？

もう少し、もう少し扉を開ければ見えるのだが。

ツクヨミがさらに扉を押し開けたそのとき、扉の前で待ち構えていたうさぎたちが勢いよくそれを外へ引っ張った。

「わあ！」

ツクヨミはその勢いで外へ転がり出た。

『カミサマ！』

『カミサマノ　オデマシ！』

『カミサマガ　デラレタゾ！』

輪になっていた大五郎組の男たちは、本殿の扉がいきなり開いたことに、驚いて振り返った。三味線も太鼓も止まった。中央で裸で踊っていた兎月も動きを止めた。

「本殿の扉が開いた……」

大五郎が大きく口を開けた。

「神様がいらっしゃったのか」

「神様！」

わあっと男たちは――このときには、暑さに耐えかねたのか、ほぼ全員が着物を脱いでいた――本殿の前に押し寄せ、万歳万歳と叫び声を上げた。

「……」

ツクヨミは呆然と裸の男たちを見回した。彼らの後ろに褌一丁の兎月が立っている。頭に回した鉢巻きに笹の葉を挟んでうさぎのような格好だ。その姿にツクヨミは思わず吹きだした。

「笑うな」と兎月は口の形だけで毒づいた。大五郎組の子分たちをかき分け、本殿の階の下に立つ。

「ツクヨミ」

兎月は階の上に座っているツクヨミを見上げた。

「天ノ岩戸作戦、大成功だな」

「……兎月」

兎月はにこっとツクヨミに笑いかけた。

「出てきてくれてありがとう。俺たちの思いはおまえが聞いたとおりだ。俺たちは決しておまえをないがしろにはしない。おまえの言うことに耳を貸さず、すまなかった」

「兎月……」

兎月以外の人間にはツクヨミの姿は見えない。だが、見えないものに真剣に語りかける兎月の姿を、笑うものはいなかった。

「何度も大火で焼けた函館の人々は、それでも柱を立て、屋根を乗せ、道を造って歩き出す。明日を信じて、そして、見守ってくれる神様を信じて。だから俺たちは宇佐伎神社のために祭りを行いたいんだ」

「わかっている。我が意固地だった。人々がたくさん来るかもしれないと怖じ気づいていた。我に自信がないからだ。……だけど、」

ツクヨミは兎月から本殿を見上げている大五郎組の男たちに目を向けた。

「我にはこれだけの味方がいるのだな。我を信じてくれる人々が」

「そうとも。おまえの最強の氏子だ、なあ？」

兎月が振り返って言うと、大五郎組は「おおっ！」と拳を突き上げて叫んだ。

「しかし、」

ツクヨミはうつむいて長い前髪で顔を隠す。

「我をおびき出すためとはいえ、兎月……おまえのその格好……」

ぶるぶると肩を震わせていたツクヨミは、耐えきれずその場でひっくり返って笑った。

「あはははは っ!」

「笑うな!」

「わ、我を笑わせるための格好だろ、笑ってやるぞ!」

ツクヨミは手足をバタバタさせてさらに笑った。

「先生、神様笑ってらっしゃるんですか?」

大五郎がおそるおそる聞く。兎月は頭から笹の葉をむしり取り、苦虫を口いっぱいに詰め込まれたような顔をしてみせた。

「大爆笑だ、ちくしょうめ」

しかしそのひん曲げた口元もいつしかほころぶ。兎月の神が、わがままで意固地で素直じゃない小さな神が、陽気な声を上げて笑っているのだ。神使としては喜ぶべきことではないか。

「ええい、おまえら! おまえらも踊れ!」

兎月の声に大五郎組の男たちが応えた。みんなで輪になっておかしな踊りを始める。

その姿にうさぎたちも飛び上がって笑っている。

「も、もうやめろ、腹が、腹がよじれる」

ツクヨミは腹を押さえてのたうった。兎月もやけになったのか輪の中に飛び込んで踊っている。うさぎたちも男たちの足の間で跳ねて踊った。

篝火が男たちの笑い声に火の粉を吹き上げた。火の粉はきらきらと舞いながら、夜の星の中に消えていった。

終

「それで結局花火も神輿もやることになったのかえ?」

宇佐伎神社に遊びに来た豊川が、賽銭箱に座って足をぶらぶらさせているツクヨミの顔を覗き込んだ。

「うむ、熱心に言ってくるからな、仕方なく許可してやった」

蟬の声がいつにもまして喧《やかま》しい。ツクヨミの声もかき消すほどだ。短い生を懸命に生きる彼らの声は、重さがあるようにのしかかってくる。

「だが、こちらからも注文をつけた。神輿にはうさぎの意匠を入れること。全部で十二羽のうさぎだ」

「十二羽？　今は十羽じゃないか」

豊川は境内を跳ね回っているうさぎたちに目をやり、言った。

「いいのだ。一羽はリズのところにいるし、もう一羽は……」

ツクヨミは境内にいる兎月を見つめた。パーシバルとなにやら話をしている。花火の打ち合わせだろうか？

兎月の命となった小さなうさぎ、兎月がいる限り、あの神使もともにいる。

「神輿ができあがるのはいつだえ？」

豊川の言葉にツクヨミは軽く肩をすくめて答えた。

「それが祭りの日ぎりぎりだそうだ。間に合うかどうか」

豊川は目を細めた。

「おやおや、せわしないこと。思いつきをそのままやろうとするから、そんな綱渡りみたいなことになるんだよ」

「いいのだ。よりよくなると考えたことをすぐに試してみる。我の氏子たちのいいところだ」

それに兎月が言っていた。祭りの当日、宇佐伎神社の本分を多く人に知らしめる考えがあると。

どうするのか聞いても悪戯《いたずら》を企む子供のような顔で「内緒だ」と言う。

「神に隠し事をするなど、不敬にもほどがある」

「よりよくなることを考えてんだろ。まあ当日を楽しみにしていなよ」

「むう……。しかしやっぱり自分たちだけで楽しんでいる感じはするな」

ふくれっ面をするツクヨミを、豊川は慈母のようなまなざしでみつめた。

「みんなが楽しければその楽しみを与えてくれる神《あんた》に感謝するだろ。人の喜びが神の喜びだよ」

「……そうか」

跳ね回っていた神使のうさぎたちが、ぴょこぴょこと尻を振りながら集まってきた。

『カミサマ　マツリタノシミダ』

『ミコシニ　ノッテイイ？』

『ハナビモ　ハジメテ』

「そうだな。当日を楽しみにしよう。宇佐伎神社の初めての夏祭り。どれだけの人が来るかわからぬが……」

ツクヨミはぎゅっと拳を握った。

「我は神社に来る全ての人々が健やかであるように使命を果たそう。函館の町を護る、人々を護る。それが我の使命だ」

ツクヨミは函館山を振り仰いだ。雲が湧き立つ青空の中に、命そのもののように緑の葉が輝く。

祭りまであと僅か。

少しの不安と大きな楽しみを胸に――。

遠い盆唄

夜風に乗ってどこからか笛の音や歌声が聞こえてきた。

「なんだ？　祭りか？」

兎月は下駄の足を止めて首を回した。

「あれは盆踊りですよ」

一緒にパーシバル邸から帰ってきたお葉が教えてくれた。

「この時期、あちこちの町内で踊っていますよ。北海道には新しい入植者の方も多いので、この盆踊りで親交を深めることもあるようです。地方からいらっしゃった方の故郷の踊りを踊ってみたり」

「へえ」

今日はパーシバルに招待されてお葉と一緒に夕食をご馳走になった。もちろんツクヨミうさぎも同行している。ワインなども出されて心地よく火照《ほて》った頬に夜風が気持ちよかった。

気楽な格好でどうぞと言われたので兎月はいつものぺらぺらした単衣、お葉も浴衣姿だった。ただその浴衣は今夜初めて見るもので、たぶん下ろし立てだ。

白地に藍が匂い立つような流水の柄で、清楚な感じがお葉によく似合っている。立ち止まって道の向こうを見つめている姿は一枚の絵のようで、ずっと見つめていたいと思わせた。

「行ってみませんか？」

お葉が不意に振り向いたので、兎月はあわてて目を逸《そ》らした。

「行く、……行くってどこへ」

頭の中で言葉がつながらず、兎月はうろたえた声を出した。

「盆踊りですよ。覗いてみませんか？」

「あ、ああ。しかし」

兎月は自分の腹の中を探った。柔らかな毛皮に触れるとツクヨミうさぎが顔を出した。

うさぎは兎月を見上げ、小さな頭を上下させる。

「ん、そうか。なら行ってみるか」

うさぎにいちいちお伺いを立てる兎月をおかしく思ったのか、お葉が小さく笑う。

仕方がない。このわがままな神様は、道草を食うと遠慮なく後脚で腹を蹴るからだ。

兎月とお葉は音楽に耳をすませて、こっちだ、いやあちらだと夜の道を辿っていった。

通りを歩く人が多くなり、音楽も大きくなっていった。やがて提灯がたくさん吊り下げられた広場に出ることができた。

真ん中にやぐらが組まれ、笛や太鼓が陽気な曲を奏でている。のど自慢の男が兎月の知らぬ地元の歌を歌っていた。

周囲には屋台がいくつか出て、大人や子供で賑わっている。

「あ、この歌……」

お葉が嬉しそうに手を叩いた。

「知ってます、これ。踊りませんか？」

誘われたが兎月はぶるぶると首を振る。

「最初は少し見てるよ。お葉さんは踊ってくるといい」

「そうですか？」

「ああ、見て踊り方を覚えるから」

お葉は後ろ髪を引かれるような顔をして、何度も振り返りながら踊りの輪に加わった。浴衣の袖から白い腕がするりと伸びる。じきに踊りの人々の輪に溶けていった。

「けっこう大勢いるな」

ツクヨミが顔を出して囁く。

「そうだな。山でも盆踊りとかするか？」

「いや、函館山で盆踊りは危険だ」

うさぎはぴょこりと片耳を折った。

「危険？」

「そうだ。そもそも盆踊りは死者の魂を慰めるための儀式だ。鎮魂の山でそんなことをしたら、死者たちが押し寄せてしまう」

「あー……」

咆吼《ほうこう》を上げて盆踊りの輪に飛び込む怪ノモノの姿を想像して、兎月は苦笑した。

「確かに踊りどころじゃなくなるな」

曲に合わせて手を上げ、足を運ぶ人たちを見つめる。お面をつけているものも大勢いた。お面を売っている出店があるので、そこで買ったのだろう。

「あの中にも死者がいるのか？」

「うーん……」

ツクヨミうさぎは頭を突き出し、赤い目でじっと踊り手たちを見つめた。

「そうだな、チラホラいるな」

「危険じゃないのか？」

「ああ、大丈夫だ。大体が踊ってる人々の縁者だ。ひと踊りするたびに空に還っている。害はない……」

うさぎは目を細め穏やかに言った。

「寄り添って楽しんでいるだけだ。思いは残しているだろうが、執着しているわけではない」

「そうか。だけどそんな人たちがそばにいるのに気づいてやれないのは寂しいな」

「いや……」

ツクヨミは少し面白がっているような口調で言った。

「気づく人間もいるな。だが気のせいだと思ったり夢だと思ったりするようだ」

「ふうん」

兎月は踊りの輪の進行方向とは逆に、その外側をぶらぶらと歩いた。

楽しげに踊っているお葉の姿を見つける。お葉も気づいてこちらを手招きした。兎月は笑みを返しただけだ。

曲が終わるとやぐらの上で笛と太鼓の演者たちがなにか相談している。話がまとまったのか、上から下に向けてなにか言っているようだ。

やがて背中に三味線を背負った男がするするとやぐらを登っていった。別の曲を演奏するらしい。三人は確認しあったあと、位置についた。

ビンッとバチが弦を叩く。そのあと陽気な旋律が弾き出された。

「あ、」

兎月は顔を上げた。聞き覚えのある曲だったからだ。

「これ、知ってる。俺の故郷の……」

では同郷のものがいるのだろうか？　見回したがわかるはずもない。

やぐらの周りの踊り手たちは耳慣れぬ曲だったのだろう。最初はもたもたと、しかし、じきに音に合わせて手足を振り出した。

「おぬしの故郷の歌なら踊れるだろう。輪に入れ、兎月」

うさぎが後脚で腹を蹴る。

「いや、うんと子供の頃で」

そうだ、義父の三鷹に引き取られる前、海藤の実父や実母と近所の盆踊りに行った。五歳より前だったか、自分がそんなことを覚えている方が不思議だった。

「大丈夫だ。体は覚えているものだ、さあ」

うさぎが腹を連打する。その勢いに負けて兎月はよろけるように踊りの輪に入った。

ツクヨミはひょいと兎月の懐から出ると、蹴られないように輪の外へ抜ける。

曲は覚えているがさすがに振りは忘れている。兎月は誰かを手本にしようと顔を上げた。

ちょうどいいことに、すぐ目の前に同じ背丈の若い男がいる。狐の面をかぶっていて、今では珍しくなった武家風の髷《まげ》を結っている。兎月はその男の手振りを真似て腕を動かした。

「指はまっすぐにした方がきれいですよ」

不意に背後から優しい声がした。お葉かと思ったが、おたふくの面をかぶった小柄な女だった。

「はあ……」

兎月は力なく曲げていた指をピンと伸ばした。

「足の動きをよく見て」

今度は男の声だ。肩越しに見るとひょっとこの面をつけている。

指導するような調子にむっとしたが、こんなことで腹を立てるのも子供じみていると、兎月は前の男の動きをなぞった。

しばらく踊っていると思い出してきた。

毎年盆踊りに行っていたのだ。公務で忙しい父も盆の間は仕事休みで墓参りや魚釣りなどに子供たちを連れ出してくれた。

出かけるだけで嬉しかったが、盆踊りは特別だった。

幼い兎月――一条之介は夜に家族で出かけるということだけで興奮したし、しかも食べ物の屋台で好きなものを買ってもらえたのだ。

夜灯りの下の母は美しく、守るようにそばに立つ父は頼もしく、兄は常に手を握ってくれていた。

いつも最後まで起きていようと心に誓うのに、いつのまにか眠ってしまって父に背負われて帰ってしまう。翌朝駄々をこねたり、わめいたり、悔し涙を流すのが常だった。

両親を失い、兄とともに三鷹の家に引き取られてからも盆踊りには連れて行ってもらった。だが踊っているといつも涙が出てくるので、いつの頃からか行かなくなった。

踊りの曲を聴くのはいったい何年ぶりなのだろう。

「上手上手」

おたふくの面の女が褒めた。

「なかなか筋がいい」

ひょっとこの男も褒めてくれた。

「教え方がいいのさ」

狐面の武士がそう言って兎月の頭をくしゃくしゃと手でかき回した。

その手。

いつもそうして撫でてくれた手。忘れようがない。

「あ、兄上⁉」

兎月の声に、男が面の下で笑ったような気がした。

「一条之介、大きくなって」

はっとした。おたふく面の女の声。この呼びかけに覚えがある。

「立派になったな」

どうして忘れていた。大事なこの人たちを。

「母上！　父上！　兄上！」

三人は指を口の部分に当てる。そしてまた踊り出した。

兎月は三人を追いかけたが、曲にあわせて踊っている彼らに、なぜだか追いつくことができなかった。

「曲が」

曲が終わる。ツクヨミはなんと言ってた？　ひと踊りすると空に還ると。

「待て。待ってくれ！」

三人は楽しげに顔を見合わせて踊っている。

ああ、みんなあちらで再会したのだ。そうして今は幸せなのだ。その輪の中に、あの笑い声の中に俺も入りたい。

「おまえはまだ駄目だ」

ひょっとこの面をかぶった男――父が言った。

「またね、いつかね」

おたふくの面をかぶった女――母も言う。

「一条之介、健やかでな」

狐面の男が、その面を持ち上げて笑った。兄だった。

「兄上！」

笛が、太鼓が、三味線が、ハタリと止まった。

曲が終わり、輪の人々は足を止め、和やかに話をしている。

「難しかったな」「知らない踊りだったわ」「やたら上手な人がいたけど、どこへいった？」

ざわざわと人が立ち尽くす兎月のそばを通り過ぎる。兎月はふらりと輪から抜けた。

「兎月」

うさぎが足下まで跳んできて、後脚で立ち上がった。

「楽しめたか？」

「……！」

叫びだしそうになり、兎月は手で口元を覆った。

「……おまえが呼んでくれたのか？」

息を整えようやく声を出した。

「なんのことだ？」

「いや……」

再び音楽が始まり人々が踊り出す。流れる影が兎月の足下にまで差した。

「懐かしい人に会えたか？」

「……ああ」

目の奥が熱くなってくる。もう二度と会えないと思っていた。

「母上と父上が面をかぶったままだったのは、俺が顔を覚えていなかったからだろうか？」

「さあな。照れくさかったのかもな」

「兄上は元気そうだった」

「死者に元気もないものだがな」

「そうだな……」

頬を涙が伝ったが、兎月は止めなかった。泣いてもいいのだと思ったからだ。悲しい涙ではない、懐かしさと喜びのために流す涙は恥ずかしくない。

「兎月さん――」

お葉の声がした。兎月は濡れたままの目を彼女に向けた。お葉がはっと小さく息を呑む。

「お葉さんには情けないところばかり見せているな」

兎月は苦笑した。前にも泣き顔を見られている。

「……わたし、向こうへ行っていましょうか？」

お葉が小さな声で聞く。兎月は首を振った。

「いいんだ」

甘えている、と兎月は思う。今お葉はきっと自分のことだけを考えている。心配している。それが気持ちいいと思ってしまう。

そんな自分を弱いと思ったが、今夜はそれでもいいのだ。

うさぎが下駄の足の上に顎を乗せた。兎月は身を屈めるとうさぎを抱き上げて懐に入れた。うさぎの重みで欠けたものが埋まった安定感があった。

「お葉さん、踊ってきてくれ。俺は星を見ているよ」

涙が零《こぼ》れないように。涙が乾いてしまうまで。

きららに輝く夜の星に、懐かしい人の姿を見つけるまで――。

ほたる野の茶碗

序

「で、見せてくれると言った面白いものとはなんだ？」

パーシバルの屋敷に招かれ、おいしい食事と酒を楽しんだあと、ツクヨミが尋ねた。

今はパーシバルの私室の隣の書斎で、大きなソファに兎月と一緒に腰を下ろしている。もちろんツクヨミはうさぎの姿なので、人のように座っているというわけではない。尻をぺたんと落として両足を投げ出しただらしのない格好だ。

パーシバルは香りのよい紅茶を手ずからいれてくれた。皿にはツクヨミの好物のくるみの入ったクッキーもたっぷり載っている。

「はは。ツクヨミサマはせっかちデスネ」

パーシバルは紅茶を一口含み、微笑んだ。

「また怖いものだったらどうするんだ、ツクヨミ」

兎月が意地悪そうな笑みを浮かべる。ツクヨミは神様のくせに怪談が苦手で、前にパーシバルが一枚足りない十枚組の皿の話をしたときは、書棚のてっぺんにまで逃げてしまった。

「そんなものではないとパーシバルが言っていた！」

ツクヨミはそう言って、それから心配そうにパーシバルを見た。

「そう言ったよな？」

パーシバルはくすっと笑って、

「はい、言いマシタ。でも実はワタシもあまり詳しくは知らないのデス。だからツクヨミサマと兎月サンに立ち会ってもらおうと」

「どういうことだ？」

パーシバルは立ち上がると、書棚に置いていた木の箱を二つ取り上げた。それを大事そうにテーブルの上に載せる。

箱はまったく同じ形の木製で、ひとつは青の、ひとつは赤の紐が十字に掛けられている。

「この中にはひとつずつ茶碗がはいっていマス」

パーシバルは箱に手を置いて言った。

「茶碗は対で作られたものデス。夫婦茶碗《めおとぢゃわん》とでもいうのでショウカ？　男女それぞれの絵付けがしてありマス」

「ふむ」

ツクヨミはソファからテーブルに跳び移ると二つの箱に顔を近づけ、くんくんと匂いを嗅ぐ。

「特に悪いものの気配はしないが」

「はい。これは箱に入ってる分にはいいのデスが……」

パーシバルは兎月とツクヨミに目を向けた。

「これを出して使ってもまったく問題はありません。ただ、二つ揃って使ってはいけないと言われていマス」

「二つ揃って使うなって……夫婦茶碗なのにか？」

「はあ。ワタシはひとつずつ手に取ってみマシタ。とても美しい茶碗で、できれば二つ揃えて飾りたいと思ってイマス」

「ん？　つまり？」

首を傾げる兎月に、パーシバルは身を乗り出し囁く。

「二つ同時に使うとどうなるか、試してみたいのデス」

「おい、今ここでか？」

「はい、お願いできませんか？」

「ええ――!?」

一

兎月は恐ろしげな顔で二つの箱を見つめた。

「二つ揃えたら化け物が出たり……とかじゃねえだろうな」

「化け物なら兎月さんの得意分野ではないデスか」

パーシバルが軽く笑って言う。

「そうだけどよ。怪ノモノでなけりゃ俺には斬れんぞ」

冬に雪山で遭難しかけたことがある。そのときに避難した古屋敷で是光の刃が役に立たず化け物に襲われた。

斬っても突いても向かってくる化け物を退治したのは、武器でもなんでもないものだった。

「二つ一緒に使うとどうなるか、聞いてねえのか」

「ちらっとは聞いたのデスが……」

パーシバルはしぶしぶという様子で答えた。

「使った人が二人とも神隠しにあったと」

「おい」

睨んでくる兎月にパーシバルがあわてて言い訳をする。

「でも、すぐに戻ってきたらしいんデス。だから大丈夫デスよ！」

「おまえなあ」

「まあよいではないか、兎月」

ツクヨミうさぎがぴょんと後脚で立ち上がる。

「ここには我もいる。神が神隠しにあうはずもなかろう。試してみようではないか」

「怖くなさそうだと思ったら元気なものだな」

ツクヨミうさぎは「ふふん」と腹を突き出す。小さな尻尾がぴこぴこと振られていた。

「おぬしたちのことは我が守ってやろう」

「仕方ねえなあ」

この小さな神がけっこう頑固なことを知っている兎月は、諦めた目つきでパーシバルを見た。

「じゃあやってみるか」

「ありがとうございマス！」

パーシバルは嬉々として、まず赤い紐をほどいた。木の箱の蓋を取ると、紙に包まれた茶碗をそっと取り上げる。両手を合わせた中にすっぽり入る、小ぶりの茶碗だ。

「へえ、きれいなもんだな」

茶碗には草野原と、その中に佇《たたず》む姫が描かれている。上下に薄く墨が使われ、黄色い点が打たれているのは蛍かもしれない。

姫は単純化されて顔などはただ線が引かれているだけだが、唇だけは紅くぽつんと染められていた。着ている十二単の柄はけっこう細かく、美しい。左の方に少しだけ袖を差し出していた。

「さて、次はこちらです」

パーシバルはもうひとつの箱の青い紐に指をかける。蓋をとり、やはり和紙に包まれた茶碗を取り出した。紙の中から現れたのは同じように草野原が描かれた茶碗だった。

しかし野原にいるのは刀を背負った男だった。

「なんだ、女の方が姫だったから、こちらは公家かと思ったが武士だな」

しかし武士と言っても地味な身なりだった。鎧も着ていなければ華やかな色も身にまとっていない。黒ずくめの上下だ。

男は右手を空に向けて伸ばしている。

「これをこう並べると……」

パーシバルは茶碗を二つくっつけて並べた。すると男が腕を差し出し、女がそれに応えようと袖を伸ばしているふうに見える。背景の野原も二人の背後に違和感なく続いていた。

「なるほど、この二人は逢い引き中ということか」

「別におかしなことは起こらんな」

ツクヨミが顔を上げてパーシバルを見やると、異国の商人はなぜか嬉しそうにうなずいた。

「はい、これは二つ一緒に使わないとだめなのデス。とりあえずワタシが茶を点《た》てますから、お二人でお飲みになっていただけますか？」

「お飲みにって言っても」

兎月のうさぎの姿を指さす。

「こいつがどうやって茶を飲むんだ？」

「馬鹿にするな。この姿だって茶くらい飲める」

うさぎは耳を震わせ、きいっと歯をむきだした。

パーシバルは書斎の棚に茶筒《ちゃづつ》、茶匙《ちゃさじ》、茶筅《ちゃせん》と揃えていた。火鉢の上で温めていたポットを使い、椅子に座ったままテーブルで茶を点てる。

「茶の師匠に怒られてしまいマスね」

茶目っけのある顔でそう言いながら、まずはツクヨミの前に茶碗を置いた。ツクヨミはソファからテーブルに飛び移ると、茶碗の中に顔を突っ込んだ。

「大丈夫だ。怒られるならツクヨミの方が先だ」

ちゃっちゃと音をさせてツクヨミが飲んでいる間に、パーシバルは兎月の茶を点てた。テーブルの上に置くと、兎月は片手で無造作に摑んでぐいと呷《あお》る。

「うん、なかなかうまい」

「おぬしの行儀もなかなかのものだぞ」

ツクヨミが顔を上げて言う。口の周りの毛皮が緑色に染まっていた。

「おや？」

ツクヨミが周囲を見回した。兎月とツクヨミはいつのまにか知らない野原に立っている。夕闇が辺りを包み、赤く燃えているのは西の空か。

「いつのまに」

「ツクヨミ、おまえ、その姿……」

「お、」

ツクヨミはうさぎではなく人の姿だ。白い水干《すいかん》の上下に、夜風が綿毛のような髪を揺らしている。

「神社でもないのに……」

ツクヨミは信じられない、と自分の胸や頭をパタパタと叩いた。

「パーシバルがいないぞ」

兎月は辺りを見回して言った。確かに野原には自分たち二人きりしかいない。

「茶碗を使った人間だけがここへ連れてこられるらしいな」

「のんびりしてんなよ。ここはどこだ？」

ツクヨミは顔を上に向け、空を見上げた。しかし空には雲がかかっているのか月は見えない。ツクヨミは小さく肩をすくめると、あっさりと首を振った。

「わからん」

「神隠しなんだろ、この辺りの神様につてはないのか」

「まずここがどこかわからんからな……北海道ではない気がする」

ツクヨミは遠くを見る仕草をした。草野原は西日に照らされて黄金色に輝いている。

「草ばかりでなにも見えん。兎月、おぬしの肩に乗せてくれ」

言うなりツクヨミはひょいと兎月の肩まで飛び上がった。素足で兎月の肩の上に立ち、周囲を見回す。

「お！」

「なにか見えたか？」

「ああ、向こうに屋敷が見える」

兎月もそっちの方へ視線を飛ばした。確かに草の海の中に小島のように黒々とした影が見える。かなり大きな屋敷らしい。

ツクヨミは降りずに兎月の肩の上に腰をおろす。兎月はツクヨミの足を支えて、歩き出した。体重をほとんど感じないので、この足を持っていなければ肩の上にいることも忘れてしまう。

屋敷の方へ向かっていると、次第にその全容が見えてきた。黒く長い塀に囲まれた立派な武家屋敷だ。その屋敷の方から馬が数騎駆けてくる。

「おい、止まれ！」

いきなり馬上から槍を突きつけられ、兎月は驚いた。江戸を生きた頃でも槍を相手にしたことはあまりない。

「な、なんだ？」

「おまえたちは何者だ！」

武士は兎月とツクヨミ、両方を見て言った。ツクヨミの姿が見えるのかと兎月は驚いた。神社の外で人の姿をとっていることと関係があるのかもしれない。

「何者って」

どう答えればいいんだ？　と兎月は肩の上のツクヨミを見上げた。

「……見てのとおり、我らは通りすがりの旅のものだ」

ツクヨミは兎月の上でふんぞり返った。こんな草っぱらを通りすがっている旅人というだけで怪しいが。

「人にものを尋ねるにしては、槍を突きつけるなど無礼ではないか」

「なにを!?」

槍の武士は眉を怒らせたが、もう一人が止めた。

「よせ、道草を食っては間に合わぬ。見ればわかるとおり姫さまはおられぬ、行こう」

「う、うむ」

二人はすぐに馬を蹴って兎月たちの前を離れた。

「なんだ、あれは。非礼も詫びずに！　礼儀知らずなやつらだ！」

ツクヨミが兎月の肩の上で怒っている。それはかまわないのだが、髪をひっぱられるので兎月はたまったものではない。

「姫さまがいないと言っていたな」

兎月は夕闇の中に草をかき分け走って行く二人の背を見送った。

「草っぱらで姫さまというとあの茶碗の絵だな」

「そうかもしれぬ」

「俺たちは茶碗の絵の世界に来ちまったということか？」

とんでもない話だが、常日頃不思議な出来事に対峙していればそういうことにも慣れてしまう。

「とにかくあの屋敷に向かおう」

ツクヨミはそう言って足をとん、と兎月の胸に打ちつけた。

「こら、止せよ。馬になった気分だ」

こんなことならツクヨミはうさぎの姿のままがよかった、と兎月はため息をついた。

二

屋敷の門の前まで行くと、何人もの人間が出入りしていた。門の前には松明《たいまつ》が焚かれ、内側は明るい。

また馬に乗った武士が数騎出て行った。

兎月はツクヨミを肩から降ろすと、門の前に立つ足軽風の男に声をかけた。

「なんだか大騒ぎのようだがどうしたんだ？」

「なんだ？　おまえは」

「通りすがりのもんだよ。手助けがいるならうさぎの手よりはましだぜ」

兎月が軽い調子で言うと、門番は「ちょっと待っていろ」と言って奥へ引っ込んだ。

しばらくすると門番は、身なりのよい初老の男を連れてきた。月代《さかやき》を剃らない総髪で、髪を茶筅結びにしている。戦国時代の武将のようで、古めかしい頭だなと兎月は思った。

「捜索を手伝ってくれるというのはそこもとか」

そこもと――これまたずいぶんと大仰な物言いようだ。

「兎月と申します。捜索、というとどなたかいらっしゃらなくなったので？」

兎月は慇懃《いんぎん》に頭を下げて尋ねた。

「そうだ。恥ずかしながら当家の姫君、萩姫《はぎひめ》さまである。お美しくお優しく、お輿入れも決まって屋敷のもの一同、お喜び申し上げていたのに」

そりゃあ、そのお輿入れがいやだったんじゃねえのか、と言い出したいのを兎月はこらえた。

「萩姫さまとやらはお輿入れがいやだったのではないのか？」

しかしツクヨミがするっと言ってしまう。侍はさっと顔色を変えた。

「そんなことはない。姫さまはご自分の立場をわきまえておられた。今までとて一度も殿や奥方さまの命に否《いな》やと言われたことはない」

「聞き分けのいい娘とて、自分の好みというのがあるだろう」

「た、確かにお相手の殿はずいぶんと高齢ではあったが……」

兎月とツクヨミは顔を見合わせて肩をすくめた。

「いい子の姫さまが家を出てしまうなんて、なにかきっかけがあったんじゃねえのか？最近変わったことはなかったか？」

兎月が言うと侍は首をひねった。

「最近……というと一ヶ月ほど前、当家に盗人《ぬすっと》が入った。そのくらいだ」

「盗人……」

頭の中に茶碗のもうひとつの絵が思い浮かぶ。黒い上下の刀を背負った男。盗人と言われればそんな装束にも思える。

「姫さまはもしかしてその盗人と会わなかったか？」

「うむ……？」

侍はしかし、首を振った。

「確かに姫は盗人に会うておる。盗人が庭に逃げたとき、部屋から姫が出てこられた。しかしその一瞬じゃ。口もきいておられぬが」

侍はその場でじたばたと足を動かした。

「ええい、こんな話をしておる場合ではない。手伝うてくれるというなら姫を捜して戻してくれ。おられなくなったのはつい先ほどじゃ。まだ近くにおられるはず」

言うなり侍は門の中へ駆け込んで行った。

「おまえたち、姫さまを捜してくれるのだな？」

残った足軽が松明を二つ差し出した。

「これを持って行け。危険な獣などは出ないが、西の方へ行くと」

足軽は左手を指した。

「小川が流れている場所がある。浅いから危険はないが、さらに西へ向かうと大きな川だ。そこは流れも速く深みもあるぞ」

「松明かよ。提灯《ちょうちん》はないのか？」

松明を受け取った兎月がそう言うと、門番は目を剝いた。

「馬鹿をいうな！　提灯などそんな高価なものが使えるか。贅沢ものめが！」

「なんだとぉ？」

言い返そうとする兎月の着物の裾をツクヨミが引っ張った。

「やめろ、兎月。提灯が安価に手に入るようになったのは、蠟燭が大量に作ることができるようになった頃からだ。このものたちの装束や屋敷の作り方からすると、ここはずいぶんと昔のようだ」

ツクヨミの言葉に驚いて、兎月は門や門番を見る。

「そうなのか？」

「うむ。おそらく我らの時代より三百年は遡ったようだ」

「へえ……」

過去に来た、という感じはしなかったがツクヨミが言うならそうなのだろう。ならばこの松明もせめてもの心遣いというわけだ。

「悪かったな、ありがたく借りるぜ」

兎月が素直に頭を下げると門番も表情を緩ませた。

「ああ、気をつけてな。姫さまを頼むぞ」

「わかった」

二人は松明を掲げると、もう一度野原に向かった。

「萩姫を捜し出せば戻れるのかな？」

兎月が聞くともなしに言うとツクヨミが白い髪を振った。

「あの茶碗の絵を思い出せ。その逆だ。姫と盗人を会わせればいいのだ」

「いや、さらにその逆かもしれないぞ。姫はあの盗人から逃げたくて俺たちをここに呼んだのかもしれない」

兎月は腰を屈めてツクヨミの顔を覗き込んだ。ツクヨミは小さくため息をつくと、

「なににせよ、姫とやらを捜し出して聞いてみなければな」

「しかしな、」

兎月は腰に手をあてて、目の前に広がる草原を見渡した。

「この中から捜し出すのか？　それこそ草の海に落ちた針を捜すようなもんだ」

「針よりはかなり大きいから大丈夫だろう」

ツクヨミも辺りをきょろきょろしていたが、すぐに兎月の着物の裾を引いた。

「なんだ？」

「兎月、この景色にはあれがたりん」

ツクヨミは辺りに向けて手を広げた。

「あれ？」

「そうだ、わからんか？」

兎月はもう一度草野原を眺めた。もう夕日も落ちてすっかり暗い。ツクヨミの白い髪と着物が見えるくらいだ。

「なんだ？　もったいぶらずに教えろよ」

「やれやれ。おぬしには観察眼とか記憶力とかがまるきりないのだな」

ツクヨミはそう言うと、ひょいと飛び上がって兎月の肩の上に立った。

「見ろ、兎月。この野原には蛍がおらん。あの茶碗には蛍が描かれていただろう？」

「あ……」

そういえばそうだ。暗い草原にときどき明るく見えるのは、姫を捜しに出た武士たちの松明の明かりだけだ。儚《はかな》げな蛍の光とは違う。

「じゃあ別な場所にいるのかな」

「門番が西に小川があると言っていた。蛍ならその辺りで群れよう」

「そうだな。小川を探そう」

兎月は松明で前を照らしながら、門番が指さした方角に向かって歩き出した。

三

黄色い光がふわりと袖の横を通った。

気がつけばちらほらと淡い光が漂っている。

「蛍だ」

「ああ、蛍だな。川も近いのだろう」

耳をすませばサラサラと水の流れる音も聞こえる。どうやら門番の言っていた小川の近くまで来たらしい。足下も少しぬかるんでいる。少しの雨でもすぐに溢れて、この辺一帯を湿地にしてしまうのだろう。

「懐かしいな。子供の頃はよく蛍狩りに行った」

兎月は自分のすぐそばを飛ぶ蛍を手ですくおうとしたが、柔らかな光はすいっと避けてゆく。

「蛍を捕まえてどうするのだ？」

ツクヨミの白い髪に蛍が入り込む。黄色い光が髪を明るく照らした。

「うん？　ああ、たいていは庭に離したりしたな。でも一度だけ……」

集めた蛍を兄弟が寝る部屋に放したのだ。蚊帳が吊ってある中で放すと、蛍たちはその中をゆらゆらと飛び回った。

やがて蚊帳に摑まって光り出すが、それがまるで星の中にいるようで、美しかった。

しかし。

「朝になるとみんな死んでいてな」

義母がそれを見て、文句を言いながら箒で掃き出した。兄はその死骸を拾い、川辺まで運んで土の中に埋めた。小さな蛍の墓の前で兄は膝をついて祈った。

「罪のない生き物を自分たちの楽しみのために死なせてしまった」

幼かった兎月は、蛍が死んだのは悲しかったが、自分たちがなにをしたのかは理解できなかった。だからなぜ兄がそれほど嘆いているのかわからなかった。

兄は翌年からは蛍は見るだけで捕るようなことはしなかった。兎月にねだられてかごにいれはするが、帰り道で全部放してやった。

「俺はそれが不満でな、しょっちゅう兄と喧嘩したよ。まあ一方的に俺が怒るだけだが」

命の儚さ、だからこその大切さをいつ学んだのだろう。そんな小さなことが積み重なり、自然と知っていったのか。

「いい兄上ではないか」

ツクヨミが柔らかく言う。

「ああ、そうだな」

兄のことを笑いながら話せるのが嬉しい。今までは兄のことを考えると胸の中に冷たい傷を負ったような気持ちになった。

「新撰組に殺された」「背に傷を負っていた」と、どうしてもそのことが引っ掛かってしまったのだ。

真実がわかってから、折に触れて思い出す兄の記憶はいつも温かく優しく誇らしいものとなった。そのことを知れただけでも生き返った甲斐がある。

「人を恐れないな」

ツクヨミが指を立てるとそこに蛍が止まった。呼吸するように小さな灯りがついたり消えたりしている。

やがて蛍は翅《はね》を広げ夜空に飛び立っていった。

その蛍の光の軌跡が、一瞬白い女の顔を浮かび上がらせた。

「あっ!」

ツクヨミの声に、がさっと葉ずれの音がした。松明の明りになにか花のようなものがきらりと光る。

「姫か!?」

兎月がその場に飛び込むと、いきなり刀が突きつけられた。とっさに松明の先でそれを弾く。

「兎月!?」

ツクヨミが松明をかざして駆け寄った。兎月は右手を伸ばすと是光を呼んだ。刀が出現するときの光がその場を明るく照らし出す。

「お?」

そこには姫と黒装束の男がいた。男は姫を守るように背後に隠し、刀を逆手に構えている。反対側の手には火を落とした松明を持っていた。

姫は茶碗に描かれた絵のような十二単は着ておらず、地味な小袖に透き通った紹《ろ》の打ち掛けだけだった。さっき光ったのはその打ち掛けに施された金糸の刺繍《ししゅう》だったらしい。

顔は絵より数倍美しく、小さな卵形の顔に切れ長の瞳、ぐみの実のような小さな赤い唇。真ん中から分けた長い髪が、水の流れのように肩から背へと落ちている。

「お願いです！　見逃してください！」

姫が男の後ろから叫んだ。

「わたくしたちを行かせてください！」

兎月は刀を構えたまま用心深く男から距離を取った。

「どういうことだ。やっぱりあんたは家から逃げ出したのか」

兎月の言葉に姫がうなだれる。

「輿入れがあると聞いた。それが嫌で出奔《しゅっぽん》したのか？」

ツクヨミも松明を掲げて言う。黒装束の男は刀を下げないまま、怖い目でこちらを睨みつけていた。口元も黒い布で覆っているので顔がよくわからない。

「兎月、刀を納めろ。おぬしもだ。互いにそんな殺気を放っていたら話もできん」

ツクヨミは兎月と黒装束の男それぞれに言った。姫が男になにか話しかける。それでようやく兎月も男も刀を持つ手を下げた。

姫もほっとした顔で胸元から手を下ろす。着物の胸に鮮やかな布包みが見えた。懐剣だろう。ずっと握りしめていたらしい。

「あんたが家から出たのはあんたの意志なんだな？」

兎月はそれを確認したかった。姫はこくりとうなずき、黒装束の男に手を取られながら立ち上がった。

「わたくしは今まで親の言うままに生きてきました。顔も存じ上げない方への輿入れも、なんの疑問も持ちませんでした。わたくしはただの人形、家の道具だったのです。けれど彼と……鷹丸《たかまる》と出会い、わたくしの中に初めて血が流れた気がしたのです」

萩姫は盗人——鷹丸に微笑みかけた。その笑みは温かく美しく、応える鷹丸の目も優しい。

「一目でわたくしはこの方に惹かれました。親も家も捨てて自由に草原を走りたいと思ってしまったのです。その後縁あって鷹丸と連絡をとれるようになり、……屋敷から連れ出してほしいとわたくしからお願いしたのです」

「そりゃあ……」

浅慮ではないか、と兎月は思った。一目惚れに人生をかけるつもりなのか。

第一この男は世慣れた盗人で、世間知らずの箱入り娘など言葉ひとつでどうにでもできるだろう。

そんな兎月の顔を見て、姫は小さく笑う。

「わたくしが鷹丸にだまされているのでは、とお思いですよね」

反対に盗人はむっとした顔になる。

「それでもいいと思いました。鷹丸から返事をもらったとき、わたくしは天にも昇るような心地でした。これはわたくしが初めて自分で選んだことなのです。そのときから鷹丸と屋敷を出るこの日まで、わたくしは今まで生きてきた中で一番楽しい日々でした」

「俺は——」

鷹丸は不満そうな声で姫の手を強く掴む。

「騙すつもりはないぞ。俺とて一目見ておまえは俺の半分だと思ったのだ。屋敷に入った日からずっとおまえを忘れられず、近くをうろうろとただ さまよった。おまえからの文をもらって俺の方こそ熱に浮かされたようになった。贅沢な暮らしはさせてやれんが、必ず守る」

「鷹丸……ごめんなさい、わたくしだってもちろんあなたを信じています。屋敷を出るまでの日々が楽しかったのは本当だけど、こうしてあなたと二人でいるだけで息が止まるほど幸せなの」

目の前の観客の存在を忘れたかのように、互いに手を握って見つめ合う二人を見ておれず、兎月とツクヨミは空を仰いだ。

「わかったわかったよ、あんたらが相思相愛なのは。だけどどうするんだ？　屋敷のものは馬も出してあんたたちを追いかけているぞ」

「逃げられるところまで逃げてみる」

鷹丸は萩姫を抱き寄せた。

「もし捕らえられそうになったら……決めている」

松明の火に鷹丸の持つ剣の刃がぎらりと光った。それを姫は怖がるでもなく、かえってうっとりと見つめている。

「よせよ、物騒なことは。それで、逃げる算段はついているのか?」

鷹丸はうなずき西の方へ顔を向けた。

「もう少し先に行くと大きな川に出る。そこに小舟を用意してある。そこまでたどり着ければ逃げられる——はずだ」

「そうか」

兎月は是光を鞘に戻した。普段はそれで消える刀だが、今は消えず、兎月の帯に収まった。

「じゃあ俺たちがその舟まで護衛してやろう」

「えっ!?」

「きっとそなたたちを助けることが我らの救いになるはずだ」

ツクヨミはぐるりと松明を回す。

「人の恋路を邪魔するものは馬に蹴られて死んでしまえというだろう?　では恋路を助けたらどうなる?　きっといいことがあるのだよ」

四

兎月たちは松明を消して草の中を進んだ。時折屋敷の人間なのか大きな男の声が聞こえることがある。それは近くであったり遠くであったり、よく距離がわからなかった。

「本当にこっちでいいのか？」

兎月は先を走る盗人に声をかけた。

「おそらく」

「おそらく？　頼りないな」

「今夜は月が出ていないので方角が心許ないんだ」

兎月は顔を上に向けた。確かに空は曇り、月が見えない。

「ツクヨミ、おまえなら月がどの辺りにあるのかわかるんじゃないのか？」

「ふむ」

ツクヨミは今は兎月の肩の上にいる。彼は白い面を空に向けた。

「向こうだ」

指さす方向を見て、兎月は鷹丸を呼び止める。

「おい、月は向こうに出ているそうだ。これで方向がわかるか？」

盗人は相変わらず黒い布を口元に巻いているのでよくわからないが、その眉はひそめられている。

「どうしておまえにわかるんだ」

「俺じゃない、こいつだ」

兎月は肩の上のツクヨミを揺すり上げる。

「こいつはツクヨミ。その名のとおり月を読む。こいつがそうだと言うなら月はそっちに出ているはずだ」

「ツクヨミ……？」

鷹丸はうろんな目で少年神を見上げたが、萩姫は明るい声を出した。

「信じましょう、鷹丸。どうせ当てなく走っているのだし。この方たちと出会ったのもなにかの縁です」

「……わかりました」

姫の言うことならすぐに従うんだな、と兎月はちょっと鼻を鳴らした。

さらに進んだところで鷹丸が足を止めた。

「水音だ！」

確かに水の流れる音がする。さっき通ってきた小川とは違う、大量の水の音だ。

「姫、俺の背に」

「大丈夫ですよ、鷹丸」

「いや、ここからは急ぎたい。背に乗ってくれた方が早い」

鷹丸はそう言うとしゃがんで背中を向けた。姫の躊躇《ちゅうちょ》は一瞬で、素直に逞しい背に身を預ける。鷹丸の手が下にまわったとき、白い顔が少し赤くなった。

「急ごう！」

鷹丸は姫を背に、兎月はツクヨミを肩に乗せ、再び走り出す。兎月は鷹丸の体力に舌を巻いていた。華奢な姫だとしても人一人背に乗せて走れる速度ではない。

「川だ！」

草原を抜けると白い石の散らばる河原へと出た。今までと違って短い草しか生えていない。確かにこの砂利道を姫の薄い草履で走るのは難しいかもしれない。

川は白い河原の向こうに夜と同じ色で流れている。

「舟はどこだ？」

辺りが暗すぎて舟を見つけることができない。鷹丸は岸辺まで来て左右を見回した。

「もう少し上流だったかもしれん」

「鷹丸。姫を下ろして一人で上流へ走れ。舟があったらここまで漕いでこい。なければ急いで戻れ。俺がその間姫を守る」

兎月が言うと鷹丸はさすがにためらった。初めて会った男に大事な姫を任せるのが不安なのだろう。

「俺が信じられないなら俺が上流へ走る。ただ、俺は舟を扱うのがうまくないんだ」

重ねて言うと鷹丸もようやく了承した。

「わかった。百数える分だけ走る。それまで頼む」

言うなり鷹丸は姫を降ろし、流れに逆行して走り出した。

「ツクヨミ、おまえは下流を見てきてくれ」

「わかった」

二人の会話に姫がえっという顔をする。ツクヨミの見た目は幼い子供だ。それにツクヨミはにっこり笑った。

「案ずるな。我はこう見えて強いのだ。我も百数えて戻ってくる」

ツクヨミはそう言うとぴょんぴょーんと飛び跳ねて下流に走る。兎月は姫と二人で残された。

「……あなたたちは不思議な人」

萩姫は兎月を見上げて言った。

「見ず知らずのわたくしたちを、どうしてこんなに一生懸命に助けてくれるのですか」

「そりゃあさっきあいつが言っただろう？」

兎月は走り去ったツクヨミの方を向き、それから姫に笑顔を戻した。

「人の恋路を応援したご褒美が欲しいからさ」

「わたくし、やはり家を出て正解でしたわ」

姫が嬉しそうに笑う。

「あなた方のような人に出会えたのですもの」

「これからもっといろんな経験ができるさ。中にはつらいこともある。腹が減ったり怪我をしたり病気になったりするかもしれねえ。それでも自分で選んだ道だ。後悔するより前へ進むんだな」

柄にもなくまともなことを言ってしまい、兎月は照れて頭をかいた。そんな彼に姫は力強く「はい」と応えた。

その明るい瞳に、この二人はきっと大丈夫だろうと思う。一目惚れというのが世の中にあるというのは知っていたが、こんな奇跡を起こせるからこそ、めったにあるものではないのだ。

不意に兎月は馬の蹄《ひづめ》が地面を打つ音を聞いた。

「姫、伏せて！」

兎月が鞘から剣を抜くのと、馬が二騎草むらから飛び出してくるのは同時だった。

「姫！」

「萩姫！」

馬上の侍が叫ぶ。ついさっき槍を突きつけてきた相手だった。

「貴様ら！　やはり姫を拐《かどわ》かしたものだったのだな！」

まったく見当外れだが、状況からはそう見られても仕方がない。兎月は刀を正眼に構え、油断なく身構えた。

「姫を返せ！」

馬が突進してくる。馬上からの槍を兎月は姫に覆い被さるようにして避けた。

「馬鹿野郎！　馬から攻撃して姫に当たったらどうするんだ！」

怒鳴り返してやる。川の中にまで馬で突っ込んだ男は馬の首を回して岸に上がり、飛び降りた。もう一人も馬から降りる。

「素直でよろしい」

兎月はほっとした。馬に乗った相手と戦ったことはないので不利だと思ったのだ。

「姫、濡れるのはかまいませんか？」

背中で聞く。姫の緊張した「はい」という返事が聞こえた。

「けっこう。では川の中に入っていてください。じきに鷹丸が来ます。俺はそれまでこいつらを足止めする」

「で、でも相手は二人ですよ！」

気遣わしげな声に、見えないだろうが兎月はにやりと笑ってやる。

「大丈夫です。俺だってけっこううまく戦いますからね」

すぐに背後からばしゃばしゃと軽い水音があがる。姫が川に入ったのだろう。

「姫！」

侍が姫を追おうとする。その前に兎月は立ちはだかった。

「俺を倒してからにしろ！」

「言われずとも！」

刃渡りのやたら大きな剣が振り下ろされる。斬るというより打ち殺すといった感じだ。繊細な是光の刃が砕かれそうな勢いだった。

「おっと」

シャリンと美しい音を響かせて是光がその刀を滑らせる。前のめったところで膝を思いきり腹に打ちつけた。

「げっ！」

侍が顔から川に勢いよく突っ込む。兎月はすぐに身を翻し、もう一人に向かって走った。

「うおおっ！」

男が大きく振りかぶる。ガキンと受け止めたあと、すぐに離れ、再び振ってくる剣を止める。鋼のぶつかる音が幾度も響いた。

「とうっ！」

何回目かの打ち合いのあと、兎月は侍の刀を大きく跳ね上げた。体勢を崩した侍の胴に、是光の刃を叩きつける。

「ぎゃっ！」

是光は人を斬らない。だが、鋼を重く腹に受ければしばらく動くことはできないだろう。

「きゃあっ！」

姫の叫び。川の中にいた姫が上流に走り出す。さっき川に落とした侍が意識を取り戻し、姫を追いかけているのだ。

「待て！」

兎月は是光を手放して川に入った。背後から男の体にしがみつく。

「放せ！　ええい、離さぬか！」

「いやだね！」

そこへ下流へ向かっていたツクヨミが戻ってきた。

「兎月！　舟が来るぞ！」

はっと顔を上げると鷹丸を乗せた舟が川を滑るように近づいてきている。

「鷹丸！　こっちだ！」

鷹丸は器用に姫のそばに舟を寄せると、その体をすくい上げた。

「行け！　行っちまえ、早く！」

兎月は侍を羽交い締めにしながら叫んだ。

「ありがとう！　ありがとうございます！」

姫は船縁に掴まり声を上げた。するすると目の前を舟が通り過ぎていくのを、屋敷から追ってきた男は目で追った。

「姫！　どうかお戻りに！　殿や奥方さまがどれほどお嘆きでしょう」

「行かせてやれよ」

兎月は侍の耳元で囁いた。

「顔も知らない男に嫁ぐより、好いた男と生きたいんだ」

「そ、そんな――」

姫は着ていた絽の薄衣を脱ぎ、それを川面に放った。薄衣は風に乗って大きな蝶のように羽ばたき、兎月たちのそばに落ちる。

兎月は侍を離した。侍はばしゃばしゃと大きく水音を立てて川の中を走り舟を追う。しかし勢いに乗り、みるみる小さくなる舟に追いつけるはずもなかった。

やがて侍はがっくりと両膝を流れの中に打ちつけた。

兎月は姫の寄越した絽の打ち掛けを拾い上げた。それを持って打ちひしがれている侍のもとへゆく。

「おい」

声をかけると侍が呆然とした顔を上げた。

「これを持って帰れ。それで姫君は川に入って死んだとでも伝えろ」

「そんな――そんなことは……」

「盗人と駆け落ちしたというよりはいいだろう？」

侍はようやく立ち上がると薄衣を両手で受け取った。

「姫は幸せになれるのだろうか……？」

「わからねえ。だけど今が一番幸せだと言ってたぜ」

「……」

侍は薄衣に目を落としたまま岸辺にあがった。河原に倒れている仲間を揺すって起こすとなにか話しかける。意識を取り戻した男はぎょっとした顔で川と兎月を見て、あわてて追いかけようとした。

だが侍が薄衣を見せてなにか言ったことで諦めたのか、川に背を向け、馬へと戻った。

二人の侍は馬上で一度兎月に頭を下げると、そのまま草原へ戻っていった。

「兎月」

ツクヨミがそばにきて兎月の放り出した是光を差し出した。

「刀を粗末に使うな」

「ああ、すまねえ」

鞘に戻して両手で空に掲げると、やがて光とともに是光は消えてしまった。

「そういやここは俺たちのいたところとは場所も時代も違うのに、よく是光が来られたな」

兎月が言うとツクヨミは腕を組んで首を傾げた。

「それもそうだな」

「なんだ、おまえ、神様のくせにそういうのわからねえのか？」

「場所も時代も違うのに是光が来たのが神の御業《みわざ》だ！」

だんだん、と足で地面を踏む。うさぎの癖と同じだ。

「へえへえ」

兎月は岸で着物の裾をしぼった。夏なので水に濡れても寒くはない。

「それにしても……姫の道行きに手を貸したはいいが、このあとどうすればよいものか」

「それもわかんねえのか」

兎月は呆れてツクヨミの白い頭を見下ろした。

「仕方がなかろう？　是光のことはともかく、ここへ送り出されたのは我の管轄ではない」

ツクヨミがきゃんきゃんと吠えていると、茂みが動いた。また追っ手かと兎月は身構えたが、現れたのは小さな手燭《てしょく》を持った老人だった。

「どうした、ご老人。こんな夜更けにこんな場所へ。危ないぞ」

ツクヨミが怪訝《けげん》な顔で話しかける。すると老人はにっこりと笑顔を見せた。

「お見事でございました。あなた方はようやくわたしの望みを叶えてくださいました」

そう言って丁寧に頭を下げる。兎月とツクヨミは驚いた。

「なんだって？」

「ご老人、もしかしてそなたが？」

「はい」

老人は真っ白になった眉毛を下げて笑った。

「わたしがあなた方をこの茶碗の中へ呼びました」

老人は手燭を地面に置いた。広げた手のひらの中に、二つの茶碗が現れる。それはパーシバルの屋敷で見た、蛍野の姫と男の茶碗だった。

「わたしは長い間お屋敷でお世話になった絵師でございます」

老人は穏やかな声で話し出した。

「萩姫のことも幼少の時分から存じております。姫もわたしに懐いてくれていて、殿様や奥方さまにお話しできないこともわたしには話してくださいました……あの盗人のことも」

姫の話をするとき、老人の顔は切なく愛《いと》しいものを思う表情で彩られた。

「ただ一目、一目見ただけなのに悲しく嬉しく恥ずかしく……と姫は苦しい胸の内を語ってくださいました。お屋敷のご用絵師としてはそんな姫をお諫《いさ》めする立場でしたが、姫のお顔を見れば思いが、恋が溢れて光り輝くほどの美しさでした。結局わたしは姫の背を押す一言を申し上げてしまったのです」

「その言葉とは？」

「道は自分で選ぶもの、と」

老絵師の眉根に一瞬後悔が浮かぶ。

「そのあと、わたしは屋敷の周りをうろついている男を知りました。その男の顔にも姫と同じ色が溢れていました。わたしは確信しました。こやつが姫と出会った男だと」

そして男に話しかけ、姫との文を取り持ったのだと老人は言った。

「姫の言っていた縁というのはあんたのことだったのか」

あんな屋敷の中でどうやって文を交わしたのかと思っていたが、ご用絵師が一枚嚙んでいれば可能だ。

「それで姫は盗人と示し合わせて無事駆け落ちしたと。やるじゃねえか、あんた」

「いえ……」

兎月の言葉に老人は首を振った。その顔が苦渋の色に染まる。

「姫と男が屋敷を出たあと、男は追ってきた家来たちに斬り殺され、姫も懐剣で自害されたのです」

「ええっ⁉」

衝撃の結末に兎月もツクヨミも思わず叫んでしまった。姫の胸元にあった懐剣、あれはそもそもそのつもりで用意していたのかもしれない。

「そんな馬鹿な！　二人は無事に舟で逃げたじゃないか！」

「それがわたしの望みだったからでございます」

老絵師はうなだれたまま言った。

「姫と男が死んだと聞かされ、わたしは己のしたことを悔やみました。わたしの浅はかな一言が、行いが姫を殺してしまったのだと。わたしはお屋敷を離れ、絵筆を折り、姫の冥福を祈る毎日でした。そして死ぬ間際にこの絵を描き、茶碗を作ったのです」

老絵師は二つの茶碗を愛おしげに撫でた。草むらの中で手を伸ばし合う姫と男の絵。

「この茶碗の絵のように二人が草原で出会い、無事に逃げてくれないかと、そればかりを考えておりました。考えて想像して思って……その思いのうちに死にました。そしてその思いは茶碗に取り憑き、いつの間にか不思議な力を持ったのです」

老絵師の目にうっとりとした光が浮かんだ。姫と男の幸せな道行きを脳裏に描いたのかもしれない。

「それが、この茶碗を一緒に使ってはいけないという謂《いわ》れに？」

ツクヨミが言うと老絵師は大きくうなずく。

「そうです。この茶碗を一緒に使うとわたしの思いの世界に入ってしまいます。わたしは姫と盗人を助けてほしかった。今までも何人もここへ来られました。しかし未だかつて彼らを無事に逃がしてくれたお人はいなかったのです」

老人は兎月たちに近づいてくると二人にそれぞれ茶碗を渡した。その目の縁に涙が光っている。

「ありがとうございます。あなたたちがようやく二人をこの岸辺から逃がしてくださいました。これで姫もあの男もこの世界で幸せになっていることでしょう」

涙がぽつりと兎月の持つ茶碗に落ちた。そのとき世界は茶碗の中に、逆さになって吸い込まれていった……。

終

「兎月サン！　ツクヨミサマ！」

不意にパーシバルの大声が聞こえた。兎月がはっと目を開けて顔を上げると、正面に必死な顔をしたアーチー・パーシバルがいた。

「お、おお？」

「おや？」

隣にはツクヨミがいて、同じように呆けた顔をしている。

「よかった！　お二人とも、一瞬姿が見えなくなったのデスよ！」

「なに？」

「一瞬？」

ずいぶん長い間草原にいたと思ったのに一瞬だったのか。

「いったいドウなっていたんデスか！」

パーシバルはテーブルに両手をつき、今にも食いつかんばかりに顔を寄せてきた。

「あ、ああ」

「話せば長いのだがな……」

自分が前肢でしっかりと持っていた茶碗に目を落とし、ツクヨミはあっと叫ぶ。

「パ、パーシバル！　茶碗の絵が」

「え？」

ツクヨミが差し出した茶碗を受け取ったパーシバルは、それをぐるぐる回したりひっくり返したりしていたが、

「な、ない！」

大声で叫んだ。

「なにがないっていうんだ？」

「絵デス！　茶碗から男の絵がなくなっています」

そう言われて兎月もあわてて茶碗を回した。確かにそこには蛍の飛び交う草むらだけで、姫の絵がない。かわりに描いてあったのは脱ぎ捨てられた薄衣だけ。

「そっか……。逃げられたから」

兎月は最後に見た舟の上の二人を思い出していた。二人は笑っていた。明るい未来を見つめて。

「どういうことですか、兎月サン！　ツクヨミサマ！」

パーシバルは目を三角にして怒っている。

さて、茶碗の世界の中で起こった出来事をうまく説明できるだろうか？　パーシバルは信じるだろうか？

姫と盗人の幸せを、老絵師の思いを、兎月は胸の中でそっと抱きしめ、同じ思いでいるだろうツクヨミと目を合わせて微笑んだ。

夏祭り始末

八月二十三日

宇佐伎神社祭事のための神輿ができあがってきた。小ぶりだが、削り立ての白木の香も香《かぐわ》しい、素朴でありながら品のある仕上がりだった。

神輿というのは神社の本社がそのまま乗っているようなものだ。ちゃんと入り口の扉も鳥居もついている。

本社の背面と両側面に四羽ずつうさぎが彫り込まれている。漆塗りで仕上げられた屋根のてっぺんには通常は鳳凰《ほうおう》の飾りがつくが、そこには金色の三日月が輝いていた。

ひと月などの短い製作期間だったので、神輿を飾る金細工は用意できなかったと大五郎は悔しそうに言った。

「これでいいさ。焼け跡から立ち上がる函館の町と一緒だよ」

兎月は美しい白木の木目に触れて言った。兎月の懐に入っているツクヨミうさぎも惚れ惚れとした様子で、神輿を見上げている。

「どうだ？　気に入ったか？」

兎月はツクヨミに話しかけた。うさぎはぴょんと飛び出して、神輿の周りを飛び跳ねた。胴周りに刻まれたうさぎの意匠を熱心に見る。

「どうでしょうかねえ。神様はなんとおっしゃってますか」

大五郎はおずおずと兎月に尋ねる。うさぎが神社の使いだと信じているのだ。

「大丈夫だ。とても気に入っているみたいだぜ」

兎月がうさぎに目をやりながら答えると、大五郎はほっとした顔をした。

「よかった。じゃあ、これを明日二十四日の昼すぎから担ぎます。麓の店も明日の夕刻から亥の刻まで開けてます。あ、いや、今は十時って言うんだった」

大五郎は手のひらでぴしゃりと自分の額を叩いた。

暦が今まで使われていた太陰太陽暦（旧暦）からヨーロッパと同じ太陽暦（新暦）へ替わったのは明治六年、今からほんの五年前だ。未だに慣れ親しんだ時刻の呼び名を使ってしまうのは仕方がない。

「前日の祭りは宵宮《よいみや》祭りって言うんだっけか」

「そうです。宵宮で町に連中に知らせて本祭にどっと来てもらおうって寸法です」

「どっと……」

「へえ、どっと！」

大五郎はがははと豪快に笑う。兎月もつられて笑った。

「そうだな。どっと来てくれればいいな」

そう言って兎月は大五郎に頭を下げた。

「本当にこんな立派な神輿をありがとう、大五郎」

大五郎は大慌てで両手を振る。

「いやいやいやいや、あっしらも祭りに参加できて本心から嬉しいんですよ。これで本当に町の一員になれたみたいで。こちらこそありがとうございます」

大五郎は膝につく勢いで頭を下げた。

「そうだ、お葉さんの干菓子も今日の夕刻にはできあがるそうだ。あとで俺が取りに行く。そのあと……」

兎月は神輿の周りを飛び跳ねているうさぎを見ながら、ひらひらと手を振ってみせた。大五郎も心得ていて、大きくうなずくと、黙ったまま同じように手をひらひらさせた。

これは兎月と大五郎の間だけで通じる符丁《ふちょう》だ。宇佐伎神社の神様、つまりツクヨミには内緒で準備していることがある。それで境内ではそれに関する言葉は使わない。

満足したうさぎが自分のもとに戻ってきた。兎月はうさぎを抱き上げ、空を見上げる。

今日は雲が多く、湿気があって空気がよどんでいた。

「明日あさって、晴れてくれるといいが……」

呟くとうさぎは小さく頭を上下する。大丈夫だ、と言っているようで兎月は微笑した。天の運行には関われないと言っていたツクヨミだが、雨の降る日はわかる。

「じゃああとでな。大五郎」

「へい！　お待ちしてやす」

大五郎は威勢のいい声を上げて応えた。


夕方になって兎月は宇佐伎神社を降りた。満月堂に行って干菓子を受け取り、大五郎組に運び込むためだ。

ツクヨミも一緒に行きたがったが、干菓子を運んだあと用事がある、と言って留守番を頼んだ。

「用事とはここ毎晩行っている、あれか？」

「そうだよ」

例のひらひらのことだ。鳥居の向こう側でツクヨミはふくれっ面をしている。兎月が一人で出かけることが不満なのだ。

十日ほど前から兎月が夜に出かけ始めたとき、ツクヨミはなんの用事かと聞いた。兎月は、「おまえのために大五郎たちと準備していることがあるんだ」

それだけ答えてなにをしているのかは話していない。

「楽しみにしてろ」

そう言われればツクヨミも黙って残るしかない。

「我を楽しませることなら、連れて行ってくれてもいいのに……」

「おまえをびっくりさせたいんだよ」

「びっくりするのは好きではない」

「残念だったな。人間はびっくりさせるのが好きなんだ」

何度もそういう会話をして納得してもらったと思ったのだが、未だに夜出かけるのはいやがられる。夜中に出歩くのを心配している部分もあるのだろう。

「バカうさぎたちはつけてないだろうな？」

兎月は鳥居の外でツクヨミにそう確認した。

「前にも言ったがそんなことはしておらぬ。おぬしは我を信用していないのか？」

「おまえのことは信用しているが……」

兎月はツクヨミの背後でうずうずしているうさぎたちを見た。

「そいつらがどうもな」

そのとたん、うさぎたちがキーキーと騒ぎ出す。

『ニンゲン　ヒドイ！』

『ワレラ　カミノメイニ　ソムクコト　アルマジ！』

『オマエラト　イッショニ　スンナ！』

ツクヨミは振り返ってうさぎたちを抑えた。

「まあ、落ち着け。人間というのは疑り深いものだ。それだけ弱虫なのだ」

挑発するような言葉も兎月は聞き流す。反応して文句を言えば、うさぎたちから、いっせいに攻撃されるだろう。そんな時間も惜しい。

「じゃあ行ってくる」

そう振り向かずに背中で答える。肩越しに手を上げて振ってやった。

『ソンナニ　ダイゴロウノ　トコガ　イイナラ！』

『ダイゴロウグミノ　コニ　ナッチャイナサイ！』

うさぎたちがわめいている。兎月はもう答えずに石段を早足で下りた。

「こんばんは、お葉さん」

満月堂ののれんはもう半分仕舞われていた。それをくぐるとおみつが「いらっしゃい！」と元気よく応えてくれる。

「やあ、どうだ？　干菓子はできたかい？」

「はい！　今女将さんが最後の分を箱に入れてます」

おみつと一緒に工房へ行くと、たくさんの紙箱が置いてあり、その中に干菓子がきちんと並べて置かれていた。

「ずいぶんたくさんだな」

ひいふうみいと数を数え始めたが途中で止めた。

「全部で千個作りましたからね」

お葉はふうっと息をついて額の汗をぬぐった。

「千個!?　多すぎないか？」

千個ということは千人分だ、当たり前のことだが。しかし、兎月にはその人数が想像できなかった。千人も参拝者が来るだろうか？

この当時の函館市の全人口は約三万人。その三十分の一の計算になる。

「足りなくなるよりいいと思いまして」

お葉は自信たっぷりに笑う。

「大丈夫ですよ。そのくらいいらっしゃいますって」

「そうかなあ……」

いや、そのくらい来てもらわないと困るのだが。

しかしみくびっていた。この箱の量だと兎月一人で運ぶこともできない。兎月は大五郎組に走って応援を呼んでこなければならなかった。

さて、山ほどの菓子の箱を大五郎組に運び込み、全員で干菓子を紙で包む作業にとりかかる。火のない囲炉裏《いろり》を囲んで屈強な男たちがちまちまと指先を動かして紙を折ってゆく。

最初は皆無言で精を出していたが、やがて中の一人がぽつんと呟いた。

「こうやって囲炉裏をみんなで囲んで手を動かしてると、ガキの時分を思い出すなあ」

悪兵衛だった。手は休めずに話を続ける。

「雪に閉じ込められているとき、家族みんなでかんじきを作るんだ。おばあが昔話をしてくれるんだけど、俺はいつも途中で眠っちまって、最後まで聞いたためしがねえ」

「俺もだ、よくお袋と一緒に草履をつくった」

俺も、俺も、と声があがる。当たり前のことだが、この荒くれどもも子供だった時があるのだ。

「親分はどうです?」

子分の一人が大五郎に聞く。それに大五郎は顔を上げずに、

「いやあ、俺ぁ親はいなかったからなあ」

そう答えた。聞いた子分がさっと顔色をなくして「す、すいやせん！」と頭を下げる。

それに大五郎は笑って手を振った。

「かまうな、かまうな。おかげで鍛えられてこうして一家を構えるほどになったんだ。今は俺がおまえたちの親だ。いい子らを持ったもんさ。親はなくても親になれて、俺ぁ幸せだよ」

「お、親分！」

「親分！」

血の気の多い男たちは涙も多いらしい。全員がもう目に涙を浮かべている。

「あっしは一生親分についていきやす！」

「俺も！」

「あっしも！」

全員の声に大五郎は驚いたような、くすぐったそうな顔をして笑う。兎月も温かな気持ちになった。

二時間ほどかけてようやく包み終え、箱に詰める。そのあとはここのところずっと続

けてきた祭りのための練習だ。

「よし、今日は最後まで通して確認するぞ！」

大五郎が声をかけ、男たちは「おおっ！」と声を揃えて拳を振り上げた。

八月二十四日

今日は天気がいい。湿気もなく、走り回っても山からの涼風が汗を飛ばしてくれる。耳に押しつけられる蟬の声はもうだいぶ大人しくなった。夏ももう終わりだ。

昼すぎ、宇佐伎神社の境内で、神輿の出立式が始まった。この時間にしたのは神輿が回り終わる頃に日が暮れ、夜店に人が立ち寄ってくれるかもしれないと思ったからだ。

神輿の周りに褌一丁になった担ぎ手の男たちが畏《かしこ》まり、その前に兎月が立っている。神主の代わりに出立式を執り行おうというのだ。

他の神社の神主から白い袴と着物を借りて、手ずから作った大幣《おおぬさ》を持っている。

兎月は神輿の前で白い紙垂をつけた大幣をばっさばっさと振った。

まず神輿を祓い、次に男たちを祓い、道中の安全を祈る祝詞を捧げる。その様子を本殿の階に腰掛けたツクヨミと、神使のうさぎたちが並んで見守っている。

「なかなか様になっておるな」

ツクヨミがにやにやしながら言った。本来はツクヨミがこの神輿に乗って町を練り歩くのだが、今回は代わりに神使が一羽乗っている。

『ヨソノカンヌシニ　ナラッタソウダ』

『ヌサニ　ノリトガ　ハリツケテアッタゾ』

『アノヌサ　シデノオオキサ　バラバラダ』

『シカタナイ　トゲツハブキヨウ　ダカラナ』

うさぎたちの勝手な声に、兎月は顔をしかめる。

（耳が短くても聞こえてるぞ、バカうさぎども）

確かに幣《ぬさ》から下がる白い紙垂《しで》は太さがバラバラであまり見栄えがよくない。細長い紙に交互に切り込みをいれて折っていくだけという単純な仕組みだが、自分の不器用さに癇癪《かんしゃく》を起こして引きちぎりたくなったことも何度かあった。

そんな手間をかけて作り上げた幣だ。うさぎたちになにを言われても兎月にとっては大切な一本だった。

兎月が最後に大幣を両手に捧げ持ち一礼すると、男たちが声を揃えて神輿の担ぎ棒を持ち上げた。

「わっしょい！」

全員、大五郎組の若者で、笹の葉を二本、うさぎの耳に見立てて鉢巻きに差し、白い脚絆《きゃはん》と手甲、おまけに褌の後ろには白い毛皮を丸めたものがくっついている。

これは辰治の考えで、以前兎月が神社の前で踊ったとき、笹の葉を頭につけたことで思いついたという。

「他の神社とは形からして違うのがいいと思うんです。これだけうさぎ尽くしなら、きっと覚えてもらえます」

とにかく知名度の低い宇佐技神社のこと、まずは名前を覚えてもらわねばという考えだった。

筋骨逞しい男の尻にうさぎの尻尾というのはあまりにもかわいらしすぎて、その相違が笑える。

現に神使のうさぎたちはひっくり返って笑っていた。

「では行きます」

辰治は緑の葉を繁らせた笹を一本持ち、神輿の先導に立った。その後ろを「わっしょい、わっしょい」とかけ声を上げ、神輿がついていく。さらにそのあとを交代要員の男たちが追った。

残りの男たちは麓の出店の見回りと、神社の留守番だ。大五郎も留守番に残った。

後ろ姿を見送っていると神社から神使が三羽、空を飛んで神輿についていったのが見えた。

「ツクヨミ」

振り返るとツクヨミがすぐ後ろにいた。

「一羽乗っているが、念のため付いていかせる。なにか事故でもあると困るからな」

「そうか。まあ大丈夫だと思うが」

兎月は厨に入ると神主の白の上下を脱ぎ、いつもの単衣に戻った。外へ出ると、すでにツクヨミは神使に入って待機している。

「そろそろ麓で出店が開いている。覗きに行こう」

「ああ」

軽く襟をくつろげると、うさぎがぴょんと跳んで収まる。

「ちょっと麓の店の様子を見てくる」

大五郎にそう告げると、「いってらっしゃいやし」と見送られた。

兎月は懐の重みを抱いて、石段を下りていった。

麓にはさまざまな色ののぼりが立ち並び、屋台が出ていたり、ゴザを敷いて食べ物を売っていたりと賑やかだった。ただ、どう見ても客は少ない。麓の汐見町のものたちが寄ってきているだけのようだ。

「あまり人がいないな……」

ツクヨミうさぎがぼそりと呟く。

「ま、まあ、まだ始まったばかりだし。人が出てくるのはもっと涼しくなる夕方からさ」

兎月はツクヨミの頭を撫でて慰めた。確かに秋の気配を感じはするが、日中はまだ暑い。そう言われてもうさぎはしょんぼりと耳を垂れた。

一カ所だけ人が集まっている屋台があった。覗いてみるとパーシバル商会だ。あのポップコーンというものを売っているらしい。

石を組んで作った簡易かまどに大きな鍋を置き、その中に乾燥トウモロコシを放り込んでいる。パチパチとトウモロコシの弾ける大きな音が、閉められた蓋の中からも聞こえた。

「やあ、どうだい？」

屋台に立っているのは、兎月も顔見知りの商会の社員が二人だ。着物ではなく白いシャツとズボンをはいている。

「人は集まってくれるんですが、なかなか買ってもらえなくて」

社員は物珍しげに見守っている人々を見ながら、苦笑して言った。香ばしくいい香りがしているのだが、確かに馴染みのないものを食べるのは勇気がいるだろう。

「よし、俺に一袋くれ」

「はい」

社員はできあがっていたポップコーンを木杓子ですくい、それを紙袋にいれた。上から糖蜜をたっぷりかけてくれる。

兎月はそれをもらって周囲の人間に見せるように左右に振った。つられて見物人の顔が揺れる。充分見せてから、ひとつ口に入れた。

「うん、うまい。初めての味だ！」

本当は一度食べているが、あえてそう言ってみる。そして好奇心いっぱいな顔をしている人々に「どうだ？　試してみろ」と袋を差し出した。

たちまち大勢の手が伸びて袋からポップコーンが少なくなる。

「ポップコーン、もう一袋くれ」

兎月は社員にそう言ってもうひとつ買った。それも差し出すとさっきより勢いよくなくなる。口にいれた人々は互いに顔を見合わせる。

「不思議な歯触りだなあ」

「甘くておいしい」

「これはいったいなんだろう？」

感想を言い合うものの中から、やがて声が上がった。

「俺にもひとつくれ！」

「あたしにも！　話のたねに……」

ポップコーンは一袋五十厘《りん》。紙や鍋、場所代のことを考えれば、おそらく全部売れても赤字になるくらいの値段だ。初回ということでパーシバルは値段を抑えてくれたのだろう。

「はい、少々お待ちを……」

急に売れ出して社員たちは嬉しい悲鳴を上げた。それを見届け、兎月はその場を離れる。

「物珍しさで人を呼んでくれるといいな」

懐のうさぎの鼻先にひとつまみポップコーンを近づけると、すぐに首が伸びて奪われた。

「兎月」

ツクヨミの声に兎月は懐に目線を落とした。

「我は最悪誰も来なくても……気にしないぞ」

うさぎは口をもぐもぐさせながら呟いた。

「そうかい」

「だが店のものたちには申し訳ないな」

ツクヨミは、客のいない店で暇をもてあましている香具師《やし》たちを見て呟く。

「気が早いな。今日は宵宮祭。本番は明日なんだ」

「うむ……やはり余計な心配だった！」

ツクヨミはわざとらしく明るい声を上げた。

「こんな小さな神社にわざわざ参りにくるものはいない。うん、そうだ、そうだ。どうせ新参者だし、お役目も知られてないし、我はのんびりやればよいのだ！」

最後の方はやけっぱちのようだった。

「ツクヨミ……まだ諦めるなよ」

大勢押しかけられることに恐怖を抱いていたくせに、少なければ少ないでしおれてしまう。面倒な神様だ。

しかし、と兎月は通り過ぎた店の並びを見る。確かにツクヨミががっかりするほどの人出だ。店の人間たちもあまりの客の少なさにあくびをしている。

（大五郎たちがあれだけ頑張って知らせを貼ったり引札をまいたりしたのにな……あとは神輿で人目を惹くだけだが……』

兎月は店の並ぶ前を行きつ戻りつして、客たちに声をかけ、神社への参拝を誘った。

兎月とツクヨミが神社に戻り、少ない参拝客を眺めていると、空に白い雲を引いて神使のうさぎが跳んできた。神輿についていかせた一羽だ。

『カミサマ！　トゲッ！』

うさぎは兎月の周りをくるくる回り、大慌てで叫んだ。

『ミコシ　タイヘン！　ケンカシテル！』

「なんだって？」

「どこだ!?」

ツクヨミと兎月は同時に叫んだ。

『ホウライチョウ！　ハヤク！』

「わかった！」

兎月は神社の裏手の厩舎《きゅうしゃ》に走った。そこには異国の魔が引き起こした事件で利用され、処分されそうになったのを兎月が引き取った馬がいる。

名を白陰《しろかげ》。サラブレッドという種類で日本の馬より背が高く、引き締まった体をしている。

兎月が鞍を乗せ、手綱《たづな》をつけていると大五郎が駆け寄ってきた。

「先生！　どうなさいました！」

「神輿の連中が喧嘩してるそうだ！」

「えっ！」

大五郎は驚愕に目を瞠《みは》った。

「すぐに行って止めてくる」

「せ、先生！」

馬に乗ろうとする兎月に大五郎がしがみついた。

「あっしも行きます。子分の責任は親の責任だ！」

「しかし……」

断ろうとしたが、大五郎の必死な顔を見て、兎月は考え直した。

「おまえの分の鞍はないぞ、いいか？」

「へ、へい！」

兎月はうなずくと懐を開けた。

「ツクヨミ、入れ」

すぐさまうさぎが中に飛び込む。兎月は馬の手綱を取って、ひらりと背に飛び乗った。そのあと大五郎がよじ登る。白陰はいやがって身をよじった。

「白陰、すまないが頼む」

首をぽんぽんと叩くと、馬は少しだけ不満そうに鼻を鳴らして大人しくなった。大五郎は小柄なのでそれほど負担にはならないだろう。

「行くぞ！」

大五郎の子分たちが厩舎の扉を開ける。手綱を引くと白陰は前肢を高く上げ、大きくいないないて神社を飛び出していった。


宝来町の十字路に人が大勢集まっていた。遠巻きになった輪の中に一基の神輿、その周りで男たちがくんずほぐれつしている。

よく見ると褌一丁の担ぎ手たちは、別の人相の悪い男たちに一方的に殴られたり蹴られたりしていて、それでも神輿に近づけまいとしがみついていた。

「しつこいぞ、てめえら！」

「そんなに神輿を壊されたくねえなら、かかってきやがれ！」

男たちは担ぎ手たちを挑発する。けれど大五郎組の男たちは、どんなに殴られ足蹴にされても、やり返しはしなかった。ただ必死に相手の腰や足にしがみついて動きを止めているだけだ。

「気持ち悪いやつらだ！」

「なにが神聖な神輿だ。宇佐伎神社なんて聞いたこともねえぞ！」

「巫山戯《ふざけ》た格好しやがって！」

因縁をつけてきたのは雷豪《らいごう》組だった。以前賭場《とば》のことで小さな諍《いさか》いをしたことがある。そのときは互いの親分が出て無事に手打ちになった。しかし、宇佐伎神社の用心棒の噂が高まるにつれ、その用心棒と親しいということで大五郎組の名がヤクザの間で大きくなっていった。

大五郎組の突然の方向転換も雷豪組には気に入らなかった。町の人間の御用聞きをしていやがる――町の人間に尻尾を振って小銭を稼いでやがる。

人から煙たがられてこそのヤクザだというのに、大五郎組のしていることはヤクザの風上にも置けない人気取りだ。

その上今度は祭りを采配するだと？

雷豪組の組頭、雷豪の塵平《じんぺい》は怒り心頭に発《はっ》した。なんとかその祭りを潰してやりたい。そこへ神輿が市内を回るという話を聞きつけた。

塵平は大五郎組の神輿を止めるよう子分に命じた。なんでもいい、因縁をつけて神輿を止め、乱闘に持ち込め。町の真ん中で騒ぎを起こしてやつらを警察に引っ張らせろ！と。

そんなわけで雷豪組のヤクザたちは神輿を止めて喧嘩に持ち込もうと張り切っていたのだが——。

まったく見当違いだった。

鉢巻きから笹の葉を抜く、褌につけた尾をもぎ取る、顔を殴る、腹を蹴る、腰を殴る。しかしなにをされても大五郎組はやり返さない。これには雷豪組も困惑した。喧嘩にならない。これではただの弱いものいじめだ。

大五郎組が無抵抗なのは、出立前に親分の大五郎が言ったからだ。

「いいか、おめえら。今日のおめえらは大五郎組のヤクザじゃねえ、神聖な神輿をかつぐ氏子だ。だから絶対に乱暴はしねえ。どんなに野次られてもバカにされても、もしかしてちょっかいをかけてくるやつらがいても相手にすんな！　神様は見守ってらっしゃる！　俺らと一緒にいなさるんだ！」

大五郎組の若者たちはその言葉を忠実に守っている。自分たちからはいっさい手出しをしない。相手が諦めるまで無抵抗で神輿を護るのだ。

――親分のために！

――親分が懸命に守る神社のために！

大五郎組の子分たちはみなその思いで無抵抗のまま、神輿を守り続けた。

「くっそう、こいつら……」

大勢の町の人間が見ている前で、ただの弱いものいじめをするのは雷豪組としても、さすがに格好がつかない。なんとか相手に手出しをさせようとやっきになっていた。

大五郎組が一発でも殴り返してきたら、鼻薬を嗅がせて待機させていた警官がすぐさま引っ張る手配になっていた。このままでは自分たちが加害者で終わってしまう……。

そこへ、蹄鉄《ていてつ》を響かせて一頭の馬が駆けつけてきた。人々の輪がうわっと崩れる。

「みんな、無事かっ！」

馬上から兎月が叫ぶ。その背に摑まっていた大五郎は一目見て惨状を理解した。

「おめえら！」

転がり落ちるように馬から降りて、大五郎は子分たちに駆け寄った。傷だらけの若者たちを抱き起こす。

「お、親分……」

一番ひどくやられていた辰治が息も絶え絶えに応えた。

「お、俺たち、手を出しませんでしたよ……親分の言いつけ、守りました。神輿は無事です……か、神様、見てて……くれたかなあ……」

「辰治！」

がくりと意識を失った辰治の頬の上に、大五郎の涙が落ちる。

「お、おめえら……おめえら……よくやった！　よくやった！」

大五郎は辰治の胸に顔を埋めていたが、きっと頭を上げて雷豪組を睨みつけた。

「お、おう！　やるっていうのか！」

「組頭だからっておれっちは遠慮しねえぞ！」

雷豪組が身構える。得物《えもの》を取り出すものもいた。

「大五郎」

兎月が大五郎の前に立った。

「やめろ、ここで騒ぎを起こすな」

兎月は角に隠れている巡査の存在を知っていた。空中を回っている神使のうさぎが教えてくれたのだ。大五郎を捕縛させるわけにはいかない。

　大五郎は辰治を地面に寝かせるとゆっくりと立ち上がった。兎月の胸を押してその前に出る。雷豪組の男たちと対峙することになった。

「か、かかってこいやあ！」

　雷豪組が吠える。しかし次の瞬間、思いもかけないことが起こった。

「大五郎……」

　なんと大五郎が――組頭が、地面に座って頭を下げたのだ。

「雷豪組のもんと見受けるが、どうかこの神輿、見逃しちゃくれねえか」

「な、なにを……」

　雷豪組の男たちはうろたえて浮き足だった。

「俺たちは今はヤクザじゃねえ、ただの宇佐伎神社の氏子だ。氏子として祭りを成功させてえんだ。宇佐伎神社は函館の町を見守ってくださる神社だ。おめえらもこの町の人間なら、ここはどうか引いてくれ」

　真摯な大五郎の言葉に、ざわざわと人々の間にざわめきが走る。ここは当然ヤクザ同士の争いになるかと思ったのに、一方の組頭がただの三下たちに頭を下げたのだ。

　当然雷豪組の方にも動揺が走った。頭を下げている無抵抗な相手をよってたかってというのはあまりにも仁義に外れすぎている。まして相手は組頭だ。

「な、なんでえ……大五郎組の組頭ともあろうものが、意気地がねえんだな」

挑発する声にもあまり元気がない。しかしここであとに退けないのもまたヤクザの性《さが》だった。

「きさまっ！」

叫んだのは兎月の方だった。警官のことも祭りのことも一瞬頭から抜け落ちた。大五郎がこれだけ譲っているのにその心根をバカにされて思わず拳を握ってしまう。

「兎月、待て！」

懐のツクヨミがそう言って兎月の腹を蹴った。

「なんだよ！」

「もしかしたら今……」

「ちょいと待ちいな」

突然、老いた渋い声が割って入った。

「大五郎組、雷豪組。この場は俺に預からせてもらえねえか」

人々をかき分けて姿を現したのは虎門組の組頭、日向《ひゅうが》の虎次郎《とらじろう》だった。小柄な大五郎とは逆に背が高く、面長の色白な顔をしている。髪も灰色になり、しわも歳月を教えていたが、未だに背も曲がらずしゃっきりとした足取りで前に出る。

白地に藍でいろはにほへとを染め抜いた浴衣姿、その肩に虎の絵を染めた単衣の羽織をなびかせた粋な男ぶりだ。

「もともと函館の祭りはこの虎次郎が仕切ってたんだ。それを宇佐伎神社だけはと大五郎が頭を下げてきた。俺はそれを許してやった。その祭りにケチをつけるのは虎門組にケチをつけるのと一緒だぜ」

「そ、そんな。虎次郎の旦那……」

突然の大親分の登場に、雷豪組の男たちは仰天した。

「雷豪の塵平もこの虎次郎とことを構えたくはねえだろう？」

「そ、そりゃあ……」

規模としては雷豪と虎門組はほぼ同格だった。この二つが争えば互いに立ち直れなくなるだろう。さすがに腰が退《ひ》けてしまう。

「じゃあ退いてくんな」

「し、しかし、」

なおも言いつのろうとする男に、虎次郎はすうっと息を吸い、

「しかしもかかしもあるけえっ！　とっとと退きやがれ、どサンピンがっ！」

虎次郎が吠える。まさしく虎の咆吼だった。その勢いに雷豪組はわっと飛び上がり、

ばらばらになって逃げた。

「さあ立ちねえ、大五郎の」

虎次郎が大五郎に手を差し伸べる。顔を上げた大五郎の額に土がついていた。虎次郎はそれをさっさと袂で払ってやり、彼を立たせた。

「あ、ありがてえ、日向の。この恩は……」

「いいってことよ。あんたの覚悟見せてもらったよ。俺のここも熱くなった」

虎次郎は右手で左の胸を叩いた。それから兎月を振り向いた。

「あんたもよく我慢したな……いや、我慢できなかったか？」

兎月はようやく握った拳をほどいた。ほっと怒らせていた肩を下ろし、頭を下げる。

懐のうさぎもぷうっと安堵《あんど》のため息をついた。

「助かったよ、虎門組の親分」

それから取り囲んでいた町の人間に呼びかけた。

「誰か手を貸してくれ。うちの氏子たちを病院に運びたい」

その声に応えて数人が出てきてくれた。地面に倒れたままの大五郎組の若者たちを担ぎ上げてゆく。

「せ、先生。でも神輿が……担ぎ手がいなくなってしまって」

大五郎が地面に置かれた神輿を残念そうに見た。

「本当に面目ねえ。こんなことになるなんて」

「おまえのせいじゃないよ、大五郎。誰だって予測できなかった」

慰めていると数人の町の男たちが近寄ってきた。

「あのう……」

「ああ、騒がせて悪かったな」

兎月が振り向いて言うと、男たちは首を振った。

「そうじゃねえんで。あの、よかったら俺たちに神輿を担がせてくれねえか」

兎月も大五郎もその言葉に驚いて男たちを見た。話しかけてきた男は「へへっ」と鼻の下を擦った。

「いや、俺たちも親分さんの言葉に感激しちまって。宇佐伎神社のことは知らなかったけど、これだけ言われて黙って見送っちまったら函館っ子の意地が立たねえや」

「ああ、俺もこの神輿を担ぎたい！」

別な男も声を上げた。

「そうだ、担がせておくんなせえ！」

他の男たちもうなずいている。

「あ、あんたら……」

　大五郎の目にみるみる涙が盛り上がった。

「ありがとう！　ありがとう！　感謝する！」

　一人一人の手を握って大五郎が頭を下げる。男たちは照れくさそうに笑ってその手を握り返した。

　男たちは諸肌脱ぎ、着物の裾をはしょり、神輿の持ち手を担ぎ上げた。

「じゃあいきますぜ、親分さん」

「先導しておくんな」

　男たちが声をかける。

「わかった、任せとけ！」

　大五郎は地面に落ちて葉っぱが一枚だけになった笹を拾い上げた。奇跡的に折れていない。

「じゃあ、先生。あっしは神輿と一緒に戻りますんで」

　大五郎は涙をぬぐって言った。兎月は虎門組の親分と並んで神輿の出立を見送った。

　日向の虎次郎がにっこり笑って兎月を見る。兎月もうなずき、わっしょいわっしょいと揺れ動く神輿を見つめた。

夕刻になり、神社に神輿が戻ってきた。その後ろに町の人々が何人かついてきている。それでもまだ期待したほど人数は増えず、ツクヨミはほっとしていいのか嘆いていいのかわからない複雑な表情をしていた。

「大五郎、組の連中の怪我はどうだ？」

兎月は境内で汗を拭いている大五郎に聞いた。

「へい、半分くらいはもう今日にでも動けるようになりますが……半分は明日までちょいと安静にしなきゃいけねえようで」

「そうか。……あれはどうだ？　明日、できそうか？」

兎月は声をひそめて手をひらりと振った。ツクヨミのために毎晩準備してきたこと、それは大五郎組の人間が動けないとどうしようもない。

「へえ、大丈夫だと思います。動きはもたつくかもしれやせんが、そもそもそんな大立ち回りをしねえですし。笛や太鼓の連中は神社に残ってたんで問題ねえです」

「そうか。よかった……」

兎月はほっと息をつく。だが、大五郎はさらに小声で申し訳なさそうに続けた。

「ただ、辰治が起きられねえんで、明日は代役を立てます。正吉《しょうきち》です。今日は特訓しねえと」

「辰治が……」

大五郎はうなずいた。兎月はぼろぼろになった辰治の顔を思い浮かべ首を振った。

「辰治、がっかりするだろうな。あんなに毎晩練習していたのに」

「悔し涙を流してましたよ」

大五郎も残念そうに言った。

「祭りが終わったら見舞いにいこう」

「へえ……」

大五郎は境内に作られた燈明台を見た。辰治が考えたものだ。まだずいぶんと余裕がある。

下で買い物をした客に店の人間が蠟燭を渡すのだが、上までそれを持って上ってきてくれるものは少なかった。

「ま、まあ本番は明日ですしね」

大五郎はわざとらしく明るい声を出した。

「ああ……」

大五郎の顔にもあてが外れたというような表情が浮かんでいる。発案者の辰治が入院しているのはもしかしたらよかったのかもしれない。

「今日は参拝を八時くらいで終わらせる。石段が危ないからな。下にいる子分たちにも周知しといてくれ。明日は松明を立てよう」

「わかりやした」

兎月は鳥居の下に立って、麓の灯りを見下ろした。

――本番は明日。明日は人が来てくれる。

そう願っているのは兎月も一緒だ。懐に手を入れてツクヨミうさぎの頭を撫でる。うさぎは「ぶー……」と鼻を鳴らしただけで答えなかった。

八月二十五日

宵宮祭から一夜明けた今日は、雲もなく晴れあがっていた。昨日と違うのは、気温が上がりそうな気配がしているところだ。

「おはよう、兎月」

「おはよう、ツクヨミ」

兎月はいつもと同じように、起きるとすぐに木刀を持って素振りを始めた。

ツクヨミや神使のうさぎたちも普段と変わらずそれを見物している。今日が祭り本番だということを、極力意識しないようにしているのかもしれない。

鍛錬が終われば簡単な朝餉《あさげ》を取り、境内の掃除をする。兎月はいつもより念入りにゴミを拾った。

昨日供えられた燈明がすっかり溶け落ちて台にこびりついているのを、へらを使ってそげ落とす。

『今日はもう少し多く供えてくれるといいが……』

兎月はうさぎたちと一緒に境内をうろうろとしている小さな神を見た。今日も昨日くらいの参拝者だと、きっとがっかりするだろう。

集めたゴミは境内の隅で燃やす。おみつなどはこの煙を見て、今日は兎月さん寝坊しただの、早起きだのと知るのだと言う。

「おはようございやす」

大五郎組がやってきた。参拝をすますと今日の打ち合わせをする。何人かは怪我のため入院しているが、夜までには辰治以外は揃えると大五郎は言った。

「辰治の代わりの……正吉って言ったか？　大丈夫そうか？」

今夜行う予定の催しに、怪我のせいで若干の入れ替わりが出た。兎月は仕上がりが気になる。

「言葉は全部呑み込みやした。ただ小心者なので本番で力がだせるかどうかが少し心配です」

大五郎は気遣わしげに言う。しかしすぐに顔を上げ、兎月に笑いかけた。

「なんにせよ、要は先生ですからね。頼ンます」

「ああ、頑張るよ」

兎月はちらっと背後を振り返った。ツクヨミが聞き耳を立てているのが見えた。自分たちがひそひそと話をしているのが気に入らないのだろう。

「下の人出はどうだ？」

「まだ朝ですからね……」

大五郎の口ぶりだと、今日も客は来ていないようだ。

「なに、夕刻からですよ、夕刻から。今日は日差しがありますが、ベタつかないいい陽気です。日が陰ればみんな出てきます」

大五郎は慰めるように声を張る。そこへ大きな荷物を担いだ大五郎の子分たちがあがってきた。

「おお、来たか」

彼らが運んできたのは満月堂で作ってもらった菓子と、それを置く台だ。参拝者に配るために一昨日みんなで紙にくるんで箱に詰めた。

「どこへ置きやすか？」

若いものが二人で元気よく台を運んで聞いてくる。

「そこの灯籠の隣がいいかな」

「どうやって配りやしょう」

「参拝した客に声をかけてこっちに回ってもらおう。大五郎、子分を一人留守番に置いていてくれ」

「合点だ」

台の上に箱を置いて蓋を取ると、たくさんの干菓子が収められていた。

「兎月、こ、これは多すぎないか？」

ツクヨミが覗き込んで青い顔をしている。

「残ったらお薬にも悪いぞ」

「始まる前から残ることなんか考えるなよ」

自分もそう思ったことはおくびにも出さず、兎月はそっけなく答えた。

『ゼッタイ　アマル』

『アマッタラ　クッテイイノカ』

神使のうさぎたちも子分たちの背後から覗き込んで囁き合っていた。子分たちには神使は見えないが、なにか気になるのかきょろきょろして首をひねっている。

兎月は台に置かれた箱の中から干菓子の包みをひとつ取り上げた。開けてみるとうさぎがちんまりと座った姿だった。思わず頰が緩む。それをひょいと口に入れた。

「……あまい」

優しい甘さがほろほろと口の中で溶けた。

「兎月、つまみ食いはだめだぞ」

ツクヨミが見上げて睨んだ。兎月はもうひとつ摘《つ》まみ、大五郎には見えないようにしてこっそりツクヨミに渡す。兎月からの供物ということにすれば神も手にすることができるのだ。

「おいしいな」

ツクヨミがコリコリと頰の右側で嚙む。その顔も自然と緩んでいた。

「この菓子目当てにみんな来てくれるさ」

「うむ……」

兎月は空を見上げた。暑い一日が始まろうとしている。

午前中にお葉とおみつ、それにパーシバルがやってきた。

お葉は干菓子が気になっているようで、あまり数が減っていないことに、顔には出さないが少し気落ちしているようだった。パーシバルは店のものを連れてきましょうと言ってくれたが、無理強いはしたくないと兎月は断った。

時折石段を下りて出店の様子を見るが、昨日より少しは人出が増えたくらいで相変わらず閑散としている。

兎月は函館山の赤い鳥居を見上げた。ツクヨミは社に残り、ぽつぽつとやってくる参拝者を見守っている。

『ツクヨミが喜ぶほど人が来ると思ったんだがな……』

自分ができることには限界がある。ことに人の気持ちなど動かすことは難しい。

店の間を大五郎の子分たちも見回っていた。

「よう、どうだ？」

兎月は子分たちに声をかけた。

「へえ……まあ、のんびりしたもので」

店と客の間でなにかもめ事が起こったとき、すぐに対処できるようにと見回っているが、こんなに人出がなくては起きようがない。子分たちは手持ち無沙汰そうにしていた。

兎月はせっかく来てくれた香具師たちに少しでも貢献できるように、店を覗いては商品を買っていった。


様子が変わったのは大五郎が言ったように日が西の空に沈みだした頃だ。

「お、親分！　うさぎの先生！　大変だ！」

大五郎組の若頭、悪兵衛が息を切らして階段を駆け上がってきた。その血相に大五郎がすわっと立ち上がる。

「どうした！　また喧嘩か！」

「ち、違いやす！　でも大変だ、とにかく見ておくんなせえ！」

大五郎と兎月、それにうさぎに入ったツクヨミが鳥居をくぐって石段を駆け下りる。半分まで下りたところで悪兵衛の言った「大変」の意味がわかった。

「こ、こりゃあ……」

大五郎が大口をぽっかりと開けた。

人だ。

人、人、人の群れ。

大勢の人が通りを埋め尽くしている。どの店の前も人だかりで、特にパーシバル商店のポップコーンの店は、押すな押すなの大盛況だった。

「これは……」

呟く兎月の足下で、うさぎも硬直して立ち尽くす。

「先生、来ましたね！　客が来てくれましたね！」

呆然としている兎月の両手を握って大五郎が飛び跳ねた。

「おい、このままじゃパーシバルさんの店が潰れっちまう。客を一列……いや二列に並べてしまえ。あと、店の連中に蠟燭が足りてるか確認しろ！」

大五郎が子分たちに指示を出す。へいっと威勢のいい声を上げて子分たちが駆け下りていった。

「兎月！　兎月！　上ってくる人間たちがいる！」

兎月の懐に跳ね上がったツクヨミうさぎが囁いた。確かに蠟燭を手にした客たちがあがってくる。みんな蠟燭の火を消さないように神妙な顔をしていた。

「神社に戻ろう！」

「おう！」

兎月とツクヨミは神社に戻った。しばらくするとぞろぞろと人があがってきた。

「蠟燭はこちらのお燈明台に！　お参りのあとはこちらでお菓子をどうぞ！」

神社に残っている子分たちが声を張り上げる。今まで客の少なさにしなびた茄子のような顔をしていた彼らは、今はもぎたてのリンゴのように頬を紅潮させ、いきいきと呼び込んでいた。

客たちは燈明台に蠟燭を置き、本堂の前で柏手《かしわで》を打ち頭を下げ、そのあとうさぎの干菓子を手に入れた。みんな楽しそうだった。

ツクヨミはカランコロンとなる鈴の下でどぎまぎした顔をしている。参拝するために順番を待つ客の光景など、見たことがないからだ。

『カミサマ　コンナニヒトガ』

『イママデドコニイタノダ　コレダケノニンズウ！』

うさぎたちも興奮し、境内をぐるぐると飛び回っていた。

「あ、あの、」

兎月は干菓子をもらって嬉しそうに帰る夫婦ものに声をかけた。

「今日はなぜ祭りに？　知らせを見てきてくれたのか？」

「ああ、それもあるけど」

若い夫が朗らかに笑って言った。

「昨日、宝来町で大五郎組と雷豪組がやりあっただろ。そのときの大五郎組の親分さんの啖呵《たんか》に痺れたのさ。町じゃあその噂で持ちきりだよ」

「大五郎の……」

兎月は境内を振り返った。大五郎は気づかず相好を崩して干菓子を配っている。

「親分さんがそれほど入れ込んでいる宇佐伎神社、いっぺん参ってみようかなって」

「函館の町を護ってくれてるんだってね、知りませんでした」

あどけない顔の妻もそう言って笑う。

人の心を動かすのは難しい。しかし人の真摯な思いが届かないはずはない。大五郎の無償の一途な思いが、今こうして町の人々を動かしたのだ。

「……」

兎月は目を閉じて大五郎に頭を下げた。それから夫婦に向かって、

「夜に境内で出し物がある。よかったらまた来てくれ」

「はい、これをもらったときに聞きましたよ。楽しみにしています」

妻が干菓子の包みを手のひらに載せて答えた。

夫婦は仲良く寄り添って帰って行く。彼らはツクヨミになにを祈ったのだろう？

ツクヨミが応えられる願いなのかどうなのかはわからない。ツクヨミは彼らを、その願いごと守ることが使命なのだ。

日が落ちて石段が見えにくくなる。兎月は大五郎組の子分たちと石段の途中途中に置いた松明に火をいれていった。下から火を灯した蠟燭を持った人々も上がってくる。

石段の一番下まで下りた兎月は函館山を振り返った。

「お、……」

小さな光がずっと上まで続いているのが見えた。人々の持つ蠟燭の灯りだろう。

ああ、光の糸だ、と兎月は思った。

町の人々と宇佐伎神社を結ぶ絆の光だ。

ツクヨミはこの光景を知っているのだろうか？

「兎月」

背後にいつのまにか赤い着物の豊川稲荷が立っていた。夜風より黒い髪をなびかせている。

「こりゃあ、豊川の」

「いい光景じゃないか」

豊川は白い顎先をしゃくって細い光の筋を差した。

「ああ、とてもな」

「こんなに参拝者が押しかけて、あの子、困って泣いているんじゃないのかえ？」

からかうような豊川の口調だったが、優しさが滲んでいる。

「いや、」

兎月は微笑んで首を振った。

「一生懸命祈りを聞いているよ」


やがて午後八時になると境内に人々が集まり始めた。菓子を配るときに告げた出し物の時間だ。そういえば干菓子はとっくになくなってしまっている。

「兎月……」

本社から出てきたツクヨミが不安そうな顔でそばに寄ってきた。

「なにが始まるのだ？　これが我に内緒で動いていたことか？」

「まあ、いいから黙ってみてな」

兎月はツクヨミの白い頭を撫でた。

「宇佐伎神社の本分ってやつを知らしめるのさ」

そう言うと兎月はツクヨミを置いて神社の本社の裏に走って行った。

『カミサマ　ナニガハジマルノ？』

『トゲツタチ　コソコソシテル』

神使のうさぎたちが飛んでくる。ツクヨミも首をひねっていた。

「またなにかくだらないことを……」

ドンドーンと大きな太鼓の音がした。ツクヨミも神使たちもびくっと飛び上がる。

威勢のいい三味線の音と笛の音が響く。あまり上手ではないが一応曲になっているようだった。

奏しているのは大五郎組の子分たちだ。半分以上が包帯やさらしをまかれ痛々しい姿だが、みんな真剣な顔で取り組んでいた。

やがて曲に合わせて本社を取り囲む縁《えん》の上に、頭から黒い布をかぶった男たちが現れた。彼らは伸びたり縮んだりして、不気味に蠢《うごめ》いている。

「函館山に座《いま》す霊魂は――恨みつらみを呑み込んで――怪ノモノとなりて――山を降りる――」

声を張り上げたのは正吉だ。本来は辰治が謡いあげるはずだったが急遽変更となった。そのため、緊張で声が震え掠れている。

「怪ノモノは――麓の町を飛び回り――函館の町を飛び回り――虚ろな心の中に入り――怪物となって暴れ回る――」

「これは……神楽《かぐら》ではないか」

見ていたツクヨミが驚く。今まで怪ノモノのことを語ったことはなかった。誰も知らぬことだったのだ。

「病、災難、災い、悪事――怪ノモノは姿を変え町を荒らす――」

黒い布をかぶったものが町人の姿をした男たちを襲ってゆく。男たちは縁の上を逃げ惑い、階を下り境内まで走り出した。

しかし黒い布の化け物は彼らを追う。そして襲われた男たちもまた黒い布をかぶり蠢いた。

誰が見てもそれは悪霊が人を襲い、襲われたものもまた悪霊になっていくことを表している。

「しかしてここに宇佐伎神社あり――怪ノモノを退治すべく――光の刀を揮《ふる》う――」

「兎月……」

ツクヨミは呆然として呟いた。宇佐伎神社の本分を知らしめると兎月は言った。それがこの神楽だ。平易な言葉でわかりやすく、町の人々に神社の役割を伝えている。


ドンドンドン！


太鼓が一層大きく響く。現れたのは兎月だ。いつものぺらぺらの単衣ではなく、白い神主の衣装だった。

兎月は縁の上で右手を掲げた。その手の中に白い月光にも似た光が集まり、たちまち一振りの剣が現れた。

うおおっと見ていた人々から驚愕の声が上がる。確かにこれは神の御業だ。

兎月はその剣で黒い布の怪物たちを斬ってゆく。斬られると怪物は黒い布をはいで人の姿に戻った。縁を走り、階を駆け下り、境内を舞うように動いて兎月は刀を振るう。剣が松明の炎を反射して光の軌跡を描いた。

最後の一体を人に戻すと、兎月は境内にしゃがんで剣を地面に置いた。剣は静かに姿を消した。また人々の声があがった。

「宇佐伎神社は――怪ノモノ退治の社なり――函館を護る社なり――人々を護る社なり――」

ようやく緊張がほぐれたか、正吉の声に艶も出てきた。

この神楽の物語は、以前知り合った瓦版書きの源《みなもと》屋《や》幸助《こうすけ》に頼んで作ってもらった。

宇佐伎神社の本分、本来の役目を神楽を通して町の人々に伝えたい。兎月のその考えを幸助も面白がり、わかりやすい言葉を選んで書いてくれた。

曲は幸助の知り合いの長唄の師匠が考えて、かなり厳しく大五郎の子分たちを指導したという。

「神社におわすは月読之命――月の光の届くところ月読之命あり――たとい雲に隠れても――たとい雨に雪に隠れても――たとい闇夜に光なくも――月は常に天にあり――」

この言葉はぜひ入れてほしいと兎月が幸助に頼んだ。人々に寄り添う月の光。見えないときもそばにいる。そう信じてほしかった。

「宇佐伎神社は怪ノモノ退治の社なり――函館を護る社なり――人々を護る社なり――神社におわすは月読之命――月は常に天にあり――月は常に天にあり――」

最後の言葉が何度も繰り返された。

「月は常に天にあり……」

神楽を見守る人々の口から、その言葉が流れてくる。

「月は常に天にあり……」

囁きが、呟きが、次第に大きくなり、やがて正吉の声に合わせるように皆が唱えていた。

「月は常に天にあり　月は常に天にあり……」

やがて舞手は皆縁に上がって境内を埋める人々に礼をした。どっと大きな拍手が沸き起こり、山の木々まで揺らしそうだった。

「宇佐伎神社ってそういう神社だったんだねえ」

「たいした神社じゃないか」

「ありがたいねえ」

人々の声が聞こえてくる。神使のうさぎは自分たちの主を見上げた。

『カミサマ　ミンナ　ワカッテクレタ』

『ウサギジンジャ　ハ　ケノモノタイジノ　ヤシロ』

『ミンナ　カンシャ　シテル』

ツクヨミは黙ってうなずいた。その丸い頰に涙が一筋流れている。

『カミサマ　ナイテルノ？』

『カナシイノ？』

「違う、そうじゃない……」

ツクヨミは神使を一羽抱き上げ、その背に顔を埋めた。

「涙は嬉しいときにも流れるんだ……」

そのとき、うさぎたちがいっせいに顔を上げ、耳を立てた。

『カミサマ！』

『カミサマ　ケノモノダ！』

ツクヨミにもわかった。怒りと苦しみに満ちた気配が山から流れ出ている。

「しまった！　人々の賑わいに誘われたか！」

祭りを楽しむ人たちの心が恨みにまみれた怪ノモノを刺激したようだ。

「こんなときに！」

ツクヨミは歯ぎしりした。

「兎月を呼んでこい！　怪ノモノは一体たりとも山から出さぬ！」

ツクヨミは神使たちとともに神社の裏手へ回った。神域であるこの場所ではツクヨミもそのままの姿で戦える。じきに兎月が駆けつけてきた。

「ツクヨミ！　怪ノモノか！」

「そうだ、ここで迎え撃つ。今日は神社を越えさせない！」

「わかった！」

神使が呼びにきたときは、兎月は神楽を終えた仲間たちと、汗を拭いて一休みしていたところだった。

血相を変えて立ち上がった兎月に、大五郎は何事か察したのか、「祭りは任せておくんなさい！」と声をかけた。なにも言わずとも伝わる、ありがたいと兎月は思った。

この仲間たちを、祭りを楽しむ町の人々を護りたい。

「是光！」

叫ぶと手の中に光が満ちる。それを握りしめれば刃の、束の、鍔の重みが手の中に吸いついた。月光のように光り輝いている。

「すげえ、今日の是光はひと味違うぜ」

「人々の祈りの力だ！」

木々の間をすり抜けて黒い靄《もや》が矢のように向かってくる。うさぎたちが軌道を逸らさぬよう、周囲を渦を描いて回っていた。

「正面だ！」

兎月は刀を正眼に構え、一呼吸のもと、叩き斬る。

別な一体が上下左右に激しく動きながらうさぎたちの包囲網を抜けた。だが、待ち構えていた別働隊がその靄に飛びかかる。うさぎたちのするどい歯が、力強い脚が、靄をさんざんに蹴散らした。

「右に抜けたぞ！」

兎月の声に『マカセロ！』とうさぎたちが呼応する。頭を低くして靄に体当たりする。

しかし怪ノモノは一体の中にもう一体隠れていて、それが神社を越えそうになった。

「させん！　今夜だけは絶対に！」

ツクヨミが飛び上がる。

「祭りを楽しむ人々の、夢の中にも入らせぬ！　かけらたりとも入らせぬ！　清浄な心で天へ還れ！」

ツクヨミの白い髪が大きく広がり、光を放った。その光は神社にいた無垢な子供たちには見えたかもしれない。

「お月さまだ」

「お月さまだよ！」

子供たちが口々に言う。

「山のなかに、お月さまがいるよ」

子供たちの指がいっせいに山を指した。大人たちは目をこらす。しかし山はしんと静まり、黒々とした姿を星空の中にそびえさせているだけだった。


「……兎月、大丈夫か」

ツクヨミが地面に大の字になって伸びている兎月のもとに降りてきた。兎月はあのあとも一人で三体、斬ったのだ。

「ああ、なんとかな」

うさぎたちもよろよろと空から降りてくる。

『チョット　キョウハ　トビスギタ』

『スゴク　ハシッタ』

『クタビレタ……』

祈りの力に当てられて張り切りすぎてしまったようだ。

「お疲れさま」

ツクヨミも兎月の真似をしてごろりと地面に転がる。木々の間から見える星が、仕事を終えたみんなをねぎらうように優しく瞬く。

「今日は全部倒せたな」

「うむ、皆よくやった」

ツクヨミが言うと神使たちは『オー……』と力なく応えた。

みんなで大地に寝転がっていると、ぱあっと右手の方が明るくなった。

「なんだ？」

見ると白い光の花が広がっている。やや遅れてどーんと腹の底に響くような音が聞こえた。

「花火だ！」

兎月はがばっと身を起こした。

「パーシバルの花火だ！」

しゅるしゅると星が上がり、今度は赤い花が咲いた。

ドーン　パチパチパチ……。

『ハナビ！』

『ハナビダ！』

うさぎたちも飛び起きて、空に昇る。光の花まで飛び、その火の粉を浴びながらくるくると回った。

『ハナビ！　ハナビ！』

白いうさぎたちを透かして光が舞い落ちる。

「すげえ……」

兎月は立ち上がり、次々の夜空に咲く大輪の花を見つめた。自分の隣に立つツクヨミを抱き上げ、肩の上に乗せる。

「ツクヨミ、祭りは大成功だな」

「ああ……」

ツクヨミはうっとりと光る華を見上げている。

「楽しめたか？」

「うむ……おぬしたちが我を驚かそうと企んでいたことも、……驚いたし楽しかった」

「そりゃあよかった。毎晩鍛錬した成果があったな」

「兎月」

「なんだ？」

ツクヨミは兎月の頭を抱え、こつんと自分の額を押し当てた。

「ありがとう」

「礼なんざいらねえよ。俺はおまえの神使だからな。カミサマを喜ばせたいのさ」

照れくさくて兎月は冗談めかして答える。

「大五郎たちにも……感謝している」

「ああ、あいつらがいなかったらこんなことはできなかった。大五郎だけじゃねえ、お葉さんやパーシバルにも感謝だな」

雪のように、花びらのように降る白い火花を見上げながら、兎月は言った。

「神はなんでもできると思っていた。でも違うのだな。人がいて、思いや願いや祈りがあって、初めて神は存在するのだ。力を得るのだ。神と人は互いに寄り添い支え合うのだな……」

「ツクヨミ」

兎月は驚いた。ツクヨミの姿が少し変わっていたからだ。なんというか……。

「ツクヨミ、おまえ、ちょっと成長していないか?」

兎月はツクヨミを腕から降ろして、まじまじと見つめた。

六歳くらいの幼い子供だったはずのツクヨミが、今は十を超えたくらいに見えた。白く長い髪はそのままだが、ふっくらしていた頬がすこしそげて、美しい少年のようになっている。

「え?」

ツクヨミ自身は自分の変化がわからないようだった。両手を広げて見下ろせば、確かに指が長く、脚も伸びている。

『カミサマ　オオキクナッタ!』

うさぎたちがその姿に驚いて降りてきた。

『カミサマ　チカラヲ　カンジル!』

『フクレアガッテイル!』

『チカラヲ　オシメシアレ!』

ツクヨミは自分の両手を握り、ぎゅっと唇を結んで上を見上げた。今最後の花火が夜空に打ち上がる。

ドーン！

白い花が咲いた。

ツクヨミは空に広がる花火に両手を伸ばした。白い火花が広がって、しかしそれは消えずに夜空を舞い始める。

「おお……」

兎月は驚いて空を見上げた。他の人間にも見えたものはいるだろうか？　花火の光がそのまま白いうさぎになり、夜空に力強く飛び始めたのを。

『ナカマガ　フエタ！』

『アタラシイ　シンシダ！』

うさぎたちは大喜びで空に上がり、新しい仲間を迎えた。増えた神使は三羽。これで十三羽になった。

「名前を与えねばならんな」

ツクヨミが呟く。

「兎月も考えてくれるか？」

「──ああ」

兎月はツクヨミに手を差し伸べた。ツクヨミはその手を力強く握り返す。

新しい祭りと一緒にツクヨミが成長した。きっと今までより力も増しているのだろう。

「これからも我とともに町の人々を護ってくれ」

「もちろんだ」

兎月はツクヨミの前に膝をついた。うさぎたちも揃って地面の上に並ぶ。

「月読之命の御命のままに」

夜も更けた山の中だが暗くはない。月が目前で輝いているのだから。

祭りのあと

頬に当たる風が冷たくなってきた。秋の気配が濃厚だ。それは空気の中に甘い果実の匂いが交じるせいなのか、それとも夏に命を燃やした小さな生き物たちの亡骸のせいなのか。

北海道の短い秋が始まろうとしている。

「浜木綿、朝顔、立葵」

新しく神使となった三羽の名前をツクヨミが呼んだ。神使たちはまだ体も小さく、飛び回ることも下手くそで、よく茂みに突っ込んだり、木の枝に弾かれたりしていた。

『マダマダ　ナットランナア』

『モット　センパイノ　ウゴキヲ　ミンカ』

最初からいたうさぎたちは先輩風を吹かせて新米たちを指導する。

『イママデハ　トゲツガ　イチバン　シタッパ　ダッタガ』

『トゲツモ　センパイニ　ナッタカ』

感無量だという顔でうなずきあっている。

祭りのあと、多少は参拝者も増えた。だが、やはり山の中腹という場所柄、それほど多くはならない。

「おまえ、参拝者が減ったらまた小さくなるのか？」

兎月は掃除しながら成長したツクヨミに尋ねてみた。ツクヨミは首を傾げて、

「さあ……どうなるのか我にもわからぬ」とそっけない。

「おまえ、兄弟たくさんいるじゃねえか。なにか聞いてないのか？」

「我の兄弟たちでそういうのはいなかった気がする」

そばに来たツクヨミの頭を兎月は押さえてみた。

「なにをする」

ツクヨミがいやがってその手をどける。

「いや、やっぱり慣れなくてな。こないだまではこのへんだった頭が、今はこの辺りだから」

兎月は腰の下に下ろしていた手を腰の辺りまで持ち上げた。顔つきも身長もいきなり違うのにまだ慣れない。

ふんっとツクヨミは腰に手を当て腹を突き出すいつもの格好を見せた。

「参拝客が増えて我の威光が町に満ちれば、我はもっともっと大きくなって、そのうち兎月など片手で摘まめるようになる」

「ぞっとしねえな」

兎月はちょっと想像して、肩をすくめた。

祭りが終わったあと、大五郎は秋祭りをしよう、雪祭りは、春祭りはと喧《かまびす》しい。怪我が治った辰治が、次回こそは自分が謡うのだと張り切っているらしい。

準備が大変だから兎月は断り続けている。ツクヨミを大きくさせたくないという思いがあるわけでは……決してない、たぶん。

ツクヨミも祭りにはあまり積極的ではない。おそらく大五郎たちの負担を考えているのだろう。

「でもまあ、雪祭りは面白そうだけどな」

兎月はツクヨミに笑みを含んで言った。

「準備が大変でないのなら……考えてみてもいい」

ツクヨミはしぶしぶ言う。大五郎に伝えれば大喜びするだろう。

「できるだけ質素にやるのだぞ？」

「仰せのとおりに」

ざあっと山から風が吹いた。気の早い紅葉の葉が一枚、ふわりと境内の玉砂利の上に落ちる。

兎月にとって二回目の秋が来た。

「これから先も……楽しくやろう」

兎月の声にツクヨミはうなずく。麓の町からは朝餉の煙があがっている。

この平穏で健やかな景色を護りたい。

兎月とツクヨミは二人並んで愛しい町の姿を見つめていた。

この物語はフィクションです。
実在の人物、団体等とは一切関係がありません。
本書は書き下ろしです。

霜月りつ先生へのファンレターの宛先

〒101-0003　東京都千代田区一ツ橋2-6-3　一ツ橋ビル2F
マイナビ出版　ファン文庫編集部
「霜月りつ先生」係

Fan
ファン文庫

神様の用心棒
～うさぎは祭りの夜に舞う～

2024年5月20日　初版第1刷発行

著　者　霜月りつ
発行者　角竹輝紀
編　集　山田香織（株式会社マイナビ出版）
発行所　株式会社マイナビ出版
〒101-0003　東京都千代田区一ツ橋2丁目6番3号　一ツ橋ビル2F
TEL 0480-38-6872（注文専用ダイヤル）
TEL 03-3556-2731（販売部）
TEL 03-3556-2735（編集部）
URL https://book.mynavi.jp/

イラスト　アオジマイコ
装　幀　AFTERGLOW
フォーマット　ベイブリッジ・スタジオ
ＤＴＰ　富宗治
校　正　株式会社鷗来堂
印刷・製本　中央精版印刷株式会社

ファン文庫

神様の用心棒

うさぎは星夜に涼む

著者／霜月りつ
イラスト／アオジマイコ

町で相次ぐ失踪事件。真相に辿り着いた
兎月は——友の刃に斃れる…!?

神社には画家の藍介とお鈴が絵を描きに頻繁に訪れるように。それからしばらく経ったある日、真っ青な顔をしたお鈴が警察に捕まった藍介を助けてほしいとやって来て——？